シャイロックの沈黙

ヴェニスの商人
飽くなき亡者は誰か

坂本佑介

花乱社

装丁／design POOL

序　文

私は文学について全くの素人《しろうと》であるし、また英語力も高校生程度である。しかし、世界遺産とも言うべきシェイクスピアの作品が全く読まれていないのを知り、ほとんど義務的感情、ついで深い感動をもって、その作品を読み始めた。

二〇〇七年一月、『ハムレット』を訳本で読んだのが、シェイクスピアを知るきっかけであった。そして、書いてあることが一行も読まれていない、むしろ故意に読み間違っている現状を無視することができなかった。

本書では訳文は原則として、岩波文庫版『ヴェニスの商人』（中野好夫訳、二〇〇六年一月十一日、第八三刷）によった。特に理由はない。『ハムレット』も岩波文庫で読んだので、『ヴェニスの商人』も同文庫を利用させていただいたというところである。

研究社版『ヴェニスの商人』（大場建治編注訳「英文つき」）からの引用については「研究社版」、大修館書店版『ヴェニスの商人』（喜志哲雄編注「英文つき」）については「大修館版」と略記した。

本書の中に「F1」と記載している箇所があるが、「F1」はシェイクスピア死亡後の一六二三年に出版された「第1二つ折本」の略記である。

その他参考にした文献についても、なるべく出典を明記するよう努めた。先行する研究者の考え方についてては、失礼をかえりみず、私の考えで批判した。シェイクスピアの作品を読むためには、いかなる先達であろうと批判を手控えてはいけないと考えたからである。

四百年前に生きた偉大な人格を知ることは、無上の喜びとなるだろう。

科白《せりふ》の引用にあたって、「一―三―一一八」との記載があれば、第一幕第三場一一八行（行数は岩波文庫版『ヴェニスの商人』による）を意味するものである。


『ハムレット』、『ロミオとジュリエット』の訳本には多くの誤訳――英文のテキストからは出てこないような訳文――や故意的誤読が存在した。

この『ヴェニスの商人』では、シェイクスピアが登場させた人物が無視、抹消されているようである。この人物の登場がなければ、『ヴェニスの商人』の本質が失われるのに。

シェイクスピアの書いたその言葉、その文章を直視すれば、本当の『ヴェニスの商人』が我々の前に現れるのだ！

この本は、『ヴェニスの商人』の復活の第一歩である。シェイクスピアがまさに「命」を賭けて書き残した「人類の至宝」をゆっくりと味わっていただきたい。

この本を読まれる方にお願いしたい。どの訳本でもいいので、まず一読してほしい。そして、私が書いている内容をゆっくりと読んでほしい。

この本は、シェイクスピアの作品を読むための、基本的な著書である。『ヴェニスの商人』を読むことは、まさにこの本で開始された。ゆっくりと、先入観を捨てて、読んでほしい。そして、真実の『ヴェニスの商人』の姿を味わってほしい。

なお、当時は芝居を「観に行く」とは言わなかった。芝居は「聴きに行く」ものだった。たいした舞台装置があるわけではなく、人々は役者の科白を聴きに行っていた。観客の多くは字を読めない人々だった。しかし、それ故に、言語を聴く力はすばらしかったはずだ。

観客は、役者の科白に聞き耳を立てたに違いない。同じ単語でも、しゃべり方ひとつで、全く異なった感情を呼び起こすものだ。

当時、人々は役者の声を聴いて、劇の真相を聴き取ったことだろう。同じ調子でしゃべっては役者は落第である。それ以上に、シェイクスピアは、自分が書いた科白を正確に述べることを役者に要求したであろう。彼が書いた科白には、彼の魂と人間の魂が宿っているのである。

当時の芝居小屋での凄まじい様子について、『エリザベス朝の裏社会』（G・サルガード著、松村赴訳、刀水書房）というすばらしい本の一節（p41以下）を引用しておきたい。

「――劇場は泥棒や詐欺師のもうひとつの大きな稼ぎの場であった」

「舞台の上も外も喧噪と乱雑の場であった。おもしろいと思う芝居に対して観客が普通に示す反応は、黙って見ていることではなく、盛んに大声を張り上げて自らも参加することであった。おもしろいと思わない芝居の場合は、その上演中、観客は（ときには舞台の上でまで）賽子遊《さいころ》びやトランプから、悪態をついたり唾《つば》を吐きちらしたり、リンゴを囓ったり、女性に言い寄ったりすることまで、各種さまざまの振舞いで気晴らしをした」

「巾着切《きんちゃくき》りや掏摸《すり》の立場からする限り、芝居の名作は、ポケットの物を掏《す》りとるあいだ群衆を惹きつけて彼らの注意をそらせてくれる」

ロンドンっ子、そしてロンドンの活気と混沌が見えるようだ。

このようなロンドンっ子の活き活きとした感性の中で、シェイクスピアの芝居は歓迎されていたのであろう。現に彼が所属していたグローブ座は、ロンドンで屈指の劇場に成長していった。

現在、日本で上演されているシェイクスピアの劇は、彼が書いた「本当の劇」とは全く相異している。おそるべき故意的誤訳によって、原作の話の筋が全く見えないようになっているのである。

世界遺産であるシェイクスピアの芸術を、皆さんが、自分の手で取り戻さねばならない。そして、その取り戻した物語を見れば、貴女は、そして貴方は、無限の感動を覚えるであろう。恐るべき作家――本当の芸術家の魂に触れてみよう。レオナルド・ダビンチが偉大であったと同様に、シェイクスピアは偉大である。本当に偉大だから、彼は虚勢を張ったり、知らないことについて知った振りをしない。自分が見た人間社会を、そして人間の魂を、我々にプレゼントしてくれたのである。そのプレゼントを叩き壊している多くのシェイクスピア研究者に、無限の批判を加えなければならない――世界遺産を守るために！

シャイロックの沈黙❖目次

序文 3

第1章 『ヴェニスの商人』の概要 15
1 くじ引きによる結婚と借金話 15
2 人肉裁判 18
3 その他の結婚話 21

第2章 現在までの読まれ方 23

第3章 謎かけで幕が上がる 29

第4章 召使いラーンスロットの転職 39
1 良心の痛み 39
2 「鳩」について 45
3 ラーンスロットの罪状 48
4 仕掛人は誰? 53

第5章　指輪と猿の物語　ジェシカ論……75
第6章　グラシアーノの謎の乗船……105
第7章　裁判と判決の問題点……133
1　証文作成の経過……134
2　ポーシアの驚き……137
3　シャイロックの沈黙―深い悲しみ……146
4　判決に込められたアントーニオの野心……153
第8章　ポーシアの「絶望の詩」……159
第9章　絞首に関する科白など……181
第10章　限りない欲望……197
終　章　正しい人間の復活……207
1　物語のまとめ……208

2　謎の恋の歌……215
3　ポーシアの父は生き返った……221
4　偏見と先入観……241
おわりに　批判のお願い……251

シャイロックの沈黙

飽くなき亡者は誰か

第１章『ヴェニスの商人』の概要

この劇の大まかな筋を述べよう。

一般的に読まれている筋を述べるにとどめ、ここでは私の考えや感じ取り方については全く述べないでおこう。

1　くじ引きによる結婚と借金話

ヴェニスは自由な経済活動の上に立つ、活動的な町のようである。しかし、裁判の場では、公爵が裁判官として出現するところを見ると、公爵といったような封建的領主が一般市民の上に君臨するという形をとっているようである。

この町にアントーニオという大富豪がいる。

彼の経済活動は、大きな船を持っていて、その船がトリポリス、西インド、メキシコ、イギリスへと渡っているようだ。世界を股にかけた大貿易を手がけている大商人である。勿論、その貿易船が台風などで沈んだりすれば、無一文になりかねない危険もないではなさそうだ。彼に妻があるかどうかは全く述べられない。ということは、独身者と考えざるを得ない。年齢も不明。

アントーニオの友人（実際は乾分《こぶん》である）の一人バッサーニオは、幾許《いくばく》かの財産は持っていたが、派手な生活の連続で使い果たしてしまい、アントーニオからも相当の借金をしている状況。ところで、ベルモント（架空の地名とのこと）という町にポーシアという未婚の美女が住んでいる。父親が死亡して、彼女は莫大《ばくだい》な財産を相続した。父親は、ポーシアの結婚相手は「くじ引き」によって選ぶよう遺言している。その方法は、三つの箱のどれかを選び、一つの箱だけが当たりとなるというもの。その箱を引き当てた男性がポーシアの夫になる、という定めである。

ポーシアは父の遺言に逆らわないつもりでいた。

ところで、派手な生活のため借金生活を強いられているバッサーニオと、美しい女相続人ポーシアは、過去に一度だけ顔を合わせていて、お互いに憎からず思っている。

バッサーニオはポーシアに結婚を申し込み、「箱選び」の賭けに挑戦するつもり。しかし、結婚を申し込むといっても、相手は大富豪の跡取り娘、それなりの手土産ぐらい持っていかねばならない。しかし、彼にはその金がない。

バッサーニオはアントーニオに借金の申し込みをするが、アントーニオは、有り金は貿易につぎ込んでいて手持ちの金はない、と言う。

そこで、やむなくバッサーニオは、ユダヤ人の金貸しのシャイロックに三千ダカット（おそらく現在の感覚でいえば五千万〜一億円というところか）の借入れ申し込みをする。

シャイロックは、アントーニオが借主《かりぬし》になること、金額三千ダカット、期限は三カ月、利息は付けない、ただし期限を過ぎた場合には違約としてアントーニオの体から一ポンドの肉を切り取る、という約束なら貸してもいい、と言い出す。

アントーニオは右の条件を承諾し、その旨の公正証書を作成する。

アントーニオは、返済期限は三カ月だが、二カ月以内に持ち船が無事帰港する、そうすれば三千ダカットぐらいのはした金はすぐに返済できる、と言う。

アントーニオ名義でシャイロックから借りた三千ダカットの金で、バッサーニオは船一艘を仕立て、高価な手土産を用意し、召使いらを従えて、ポーシアのもとへと求婚の旅に出かけることができた。あとは、うまく箱選びの賭けを引き当てるだけ。

先に箱選びの賭けに挑戦したモロッコ王とアラゴン王は、箱選びで金の箱、銀の箱を引いたが、いずれも失敗している。

バッサーニオは鉛の箱を引き、めでたくポーシアの婿《むこ》という地位を手に入れる。ポーシアもバッサーニオに好意を寄せていたのだから、めでたしめでたしのハッピーエンドが訪れたわけである。

2　人肉裁判

ところで、三カ月の返済期限が来たというのに、アントーニオの持ち船は全て難破したとのことで、ヴェニスの港に姿を現さない。三千ダカットの借金を支払えない破目に陥ったのだ。ユダヤ人の金貸しシャイロックは、期限が過ぎたので約束通り「アントーニオの肉を一ポンド切り取る」という裁判を起こした。

この裁判の件を聞きつけたバッサーニオは、法廷に駆けつける。バッサーニオはポーシアの夫になり（ただし、結婚式は済んだが、実質的結婚は始まっていない。実態としては婚約状態というところか）、今では三千ダカットどころか、その何倍もの金を払うと申し出るが、シャイロックは「金は要らない。約束通り〝肉一ポンドの切り取り〟の判決を出してもらいたい」と言い張る。

裁判を執り行うのは公爵である。この公爵は、どのような判決を下すべきかについての判断をあおぐため、博学のベラーリオ博士に出廷を依頼していた。

ところが、右のベラーリオ博士はあいにく病気とのことで、ローマの少壮学者バルサザーを自分の代理として差し向けた。

この少壮の学者バルサザーは、実はポーシアの変装した姿。ポーシアが自分の召使いネリッサを書記として従えて法廷に現れる。結局、ポーシアが法廷を仕切ることとなったのである。

ポーシアは「ちゃんとした契約書がある限り、肉一ポンドを切り取る」権利がシャイロックにあると述べ、シャイロックを喜ばせる。

しかし次いで、「一ポンドを一グラム超えてはいけないし、また、一グラム少なくても駄目。さらには、契約書には血を流していいとは書いてないから、血を流さないで、肉一ポンドを正確に切り取れ!」と言う。血を流さないで肉を切り取ることなどできるはずがない。

シャイロックは進退きまわって、「三千ダカット返済してもらえば、それで我慢する」と言い出す。だが、ポーシアは「それは、まかりならぬ。あくまで契約書通り!」と追い打ちをかける。

さらにポーシアは、「ヴェニスの法律によれば、外国人がヴェニス市民の生命をおびやかすような犯罪事実が明白になった場合は、犯人(ここではシャイロック)の財産の二分の一は陰謀の目的となった被告（ここではアントーニオ）のものになり、残りの二分の一は国庫に入れる」、さらには「犯人の生命は公爵の権限に属す。よって公爵閣下の慈悲にすがるしか方法はない」と言い渡す。

こうしてシャイロックは全財産を失い、「首をくくる縄一本買う金もない」と泣き出す。

アントーニオは次のような意見を述べる。

(1) アントーニオの所有になったシャイロックの財産の半分は、アントーニオが保管しておく。シャイロック死亡後、シャイロックの娘ジェシカの夫ロレンゾに譲る。

(2) 残りの半分は国が没収するという件は赦してやっていただきたい。ただし、その財産も、シャイロック死亡後は娘のジェシカとその夫ロレンゾに贈る、という譲渡証書をこの法廷で作っていただきたい。

(3) シャイロックは直ちにキリスト教に改宗すること。

公爵は右、アントーニオの申し出通りをシャイロックに申し渡す。

結果的に、シャイロックは肉一ポンドを切り取ることもできず、貸金の回収もできず、自分の財産の二分の一はアントーニオの管理下に置かれ、あと半分もいずれは家を飛び出した娘ジェシカとその夫ロレンゾに譲ることとなる。さらに、キリスト教に改宗させられるという悲惨なこととなった。

この裁判の直後、アントーニオの船は全て無事であることが判明した。めでたしめでたしの結果となった。

3　その他の結婚話

以上がこの物語の中心をなす筋である。

その外に、

①シャイロックの娘ジェシカとロレンゾの結婚。結婚ではあるが、実際は駆け落ちである。シャイロックの意向に反したものであった。

仮装姿で町中の者が乱痴気《らんちき》騒ぎをするお祭りの夜、ジェシカは金貨と貴金属類を服の中に持てるだけ隠して、松明《たいまつ》持ちの男に変装して家の二階から抜け出し、ロレンゾと二人でヴェニスから逃げ出す。単なる「駆け落ち」ではない。シャイロックの財産の窃盗《せっとう》である。

この夜、シャイロックは家に居なかった。というのは、バッサーニオがこの夜、シャイロックを食事に招待したので、シャイロックは嫌々ながら外出していたのである。

ジェシカとロレンゾが逃げ延びた先は、ベルモントのポーシアの家であった。

②さらに、バッサーニオの友人であるグラシアーノは、ポーシアの侍女であるネリッサと婚約

する。結婚式は済んでいるが実質的結婚は始まっていない。このグラシアーノは、バッサーニオと一緒にポーシアの邸に来ていたもの。

以上、三つの結婚話が繰り広げられている。

最後に、①ポーシアからもらった指輪を婚約者のバッサーニオが、②ポーシアの侍女ネリッサからもらった指輪を婚約者のグラシアーノが、それぞれ他人にやってしまった……という騒動が持ち上がる。しかし、誤解もとけて、めでたしめでたし。

劇は、今からポーシアとバッサーニオの新婚生活が始まろうというところで終わる。

この新婚生活はどのようなものだったのだろうか？　それについてシェイクスピアは書いていない。

本当に新婚生活は始まるのだろうか？　全ての研究者は新婚生活が開始されると考えているようであるが……。私の答えは「ノー」である。シェイクスピアがそのように書いているのだから！

第2章　現在までの読まれ方

岩波版解説（p197以下）によれば、この物語はシェイクスピアが、「すでに先輩劇作家により一通り外形的にはほとんど現在の『ヴェニスの商人』にまでなっていたものを取り上げ、これに起死回生の神技を施した」ものと。

「すなわち当時の民衆の胸の中ですでに充分親しまれているお伽噺を素材とし、しかもそれをきわめて凡庸拙劣な先輩作者から受取りながら、ただ彼の作家的才能、情熱の一切を挙げて、人間表現という一点だけに集中したものと見るべきであろう」

「性格の圧巻はもちろんシャイロックである。（略）ユダヤ教信者であり、同時に大多数が金貸し業者であったユダヤ人に対する当時の一般民衆の憎悪は、今日わたしたちが想像する以上に熾烈《しれつ》なものであった。結局シェイクスピアはこうした民衆心理に迎合して（略）シャイロックの残忍さを極度に誇張し、これに対してキリスト教徒が自負する慈悲を対立せしめ、最後に這々《ほうほう》の体《てい》で退場する彼の後姿に向かって、卑俗な看客の優越感の満足を狙ったものであることは、近ごろ流行する一部際物《きわもの》的軍事劇作者の心理と決して相距ること遠いものではない」

以上が岩波版解説の部分的な抜粋である。ひとことで言えば、従前存在していた『ヴェニスの商人』の登場人物の性格表現が、シェイクスピアの天才によってすばらしいものになった。特にシャイロックにおいて著しい。シャイロックの性格はシェイクスピアが無意識に表現したものであろうが、現在でもその新しい姿が再発見されてきている、ということのようである。

「結局座付職業作者であるシェイクスピアが、まったく当時の観客の要求と劇場のメカニズムとを巧みに計量に入れて書いた作品であった」（p209）

当時、イギリスにおいても一五七一年以来、最高年一割の限度まで金利は認められていた。だが、現実には三割、四割から、抵当付きで年十割といったひどい金貸業者もいたとのこと（p208）。要は、イギリス人のユダヤ人に対する反感、さらには金貸業者が暴利をむさぼっている現実において、シャイロックの敗北に人々は溜飲《りゅういん》を下げたということのようだ。

シェイクスピアも人々の心に迎合するかのように、ユダヤ人に対する反感という時流に、わい、い、るのりして書いた物語ということらしい。

しかも、悪いことに一五九四年にはエリザベス女王暗殺未遂事件が露見したというのだ。女王から信任を得た侍医であったユダヤ系ポルトガル人のロデリゴ・ロペスという人物について、スペイン王フィリップから金をもらい、女王暗殺団の一味に加わっているという疑いが生じたとのこと。ロデリゴ・ロペスは一五九四年、絞首台に消えた。彼は最後の瞬間まで無実を叫び続けたが、空しく群集の罵声《ばせい》に打ち消されたと伝えられている（p206）という。

シェイクスピアは無実を叫ぶロデリゴ・ロペスの声を聞いたはずである。しかるに、それに対する答えが、『ヴェニスの商人』（ユダヤ人をやっつけるキリスト教徒の気高い姿。ちょいと人格描写などは手が込んでいて、大したものではあるが）だったのだろう。民衆の御機嫌とりの旗持ち作家！　やはり時代というものは恐ろしい。

何の先入観も持たず、目の前の人間世界を、そして人間の魂を見つめ、そして人類にシェイクスピア作品という無限のプレゼントを残した彼ですら、やはり平凡な人間でしかなかったのか？

しかし、やむを得ない。いくら呼んでも、「じゃ、書き直そう」と言って出てくることもできないのだ。きっと彼のことだから「そんな必要は全くない」と言い切るはずである。「俺は書いている、真実を」と。

私に唯一残されている方法は、シェイクスピアの書いた『ヴェニスの商人』を読むことだけである。研究社版には、高校卒業程度の英語力があれば英文で読むことは可能である、と記されているが（凡例px）、私の英語力では一ページを読むのに半日は必要である。よって岩波版の訳文で読み進めることにしよう。ただし、全ての先入観を捨てて。もちろん、必要な部分は英文で確認し、訳本に批判を加えた。

この劇は喜劇に属するもの、という評価はほぼ定着しているようだ。喜劇というからには最低限、主人公側にハッピーエンドが存在し、話の内容に「おもしろおかしい」ところがあるのだろうか？

確かにアントーニオは「大儲け」をし、シャイロックは財産上、精神上の自由を完然に奪われたのだから、アントーニオ側から見ればハッピーエンドである。しかし、シャイロック側から見れば、悲劇である。

この物語の女主人公とも言うべきベルモントの美女にして大富豪ポーシアは、バッサーニオと結婚することになった。この結婚が誰の目から見てもハッピーエンドになるのだろうか？ポーシアは裁判が終了して自宅に帰り、夫バッサーニオの帰宅を待っている。このバッサーニオの乗る馬車からのトランペットの音が聞こえてきたとき、ポーシアは「絶望の詩」をうたっているのだ。こんな喜劇があるのか？

私は、シェイクスピアが書いた『ヴェニスの商人』の世界を皆さんに伝えるだけである。

シェイクスピアが「生命」をかけて書き綴った人類へのプレゼント、真の作家のみが書き得る魂の叫びを伝えることにしよう。

第3章　謎かけで幕が上がる

第一幕第一場、すなわちこの物語の発端部分。これは、シェイクスピアがこの物語について大きな謎かけをしている部分のようだ。

この謎かけを論じた人がいるのかどうか、私は知らない。『ハムレット』において「誰だ？」と謎をかけたと同じように、『ヴェニスの商人』においても、シェイクスピアは誰にでも分かるような謎かけをしている。この謎かけに対する解答が、その後の三千行の科白なのであろう。

私には謎に思える。猫だって鶏だって謎と思うに違いない。誰が聞いても謎である。これを謎と思わない人間がいるだろうか？　もし、そのような人間がいたとしたら、その人は別の星、いや別の宇宙の星の人間である。四百年前、グローブ座（地球座）の平土間で酔っ払って寝そべっている人間にだって、「謎かけだぞ！」と分かってもらわねばならないのだ。

勿論、『ヴェニスの商人』を読む気のない人間にとっては謎ではないのであろう。なにしろ一行たりとも読まない、聞かないという固い信念にとりつかれているのだろうから。そのような人間を相手にする必要はない。人間を相手にすればいいのだ。シェイクスピアは人間を相手に物語を作ったのだから。

ヴェニスの商人であるアントーニオは、舞台に姿を現すと同時に、「なぜこう気がめいるのか、まったくわからん」と言う。アントニオは気分がよくないのだ。しかし、「その原因がわからん」と言っている。アントーニオは本当に原因が分からないのだろうか？　分からないのかもしれない。または、分かっているが、口に出して言えないことかもしれない。

例えば、ある人が「心が晴れない。でも、その理由が分からない」と言ったとしよう。本当に分からないこともあろう。しかし、言えない、または言いたくない理由であるとき、「理由が分からない」と言うこともあるのではないのか？

言葉は半分は真実で、半分は虚偽なのである。言葉はその人の心を全て明示していることもあろう。しかし、ほとんどの場合、「自分を守るために」虚偽が混じっているものなのだ。言葉の魔術師であるシェイクスピアは、このことを最も深いところで知りつくしていた人間であるようだ。

それ以上に、彼は観客聴衆に対して、「さあー、このお話をよく聴くのだぞ！　アントーニオは気が晴れないのだぞ！　その理由は言わない。だって今から二時間はその謎ときだからね！」と言うつもりだったかもしれない。

どのような作品にも謎がつきものだ。謎があるから人々は先を読みたくなるのだ。この先、この物語はどうなるのか？　或いは、なぜ、そのようなことが起こるのか？　その理由は？　謎の内容はさまざまであり得ようが、全く謎のない作品はこの世には存在しないようだ。

人生は謎解きの連続なのだ。一秒一秒が謎解きなのだ。生きていくことは、目の前に発生した事実にどのように対応するか、という謎解きの連続である。一秒間でも謎解きをしなかったら、生物は直ちにその命を落とすようにできているのだ。

「なぜ、こう気がめいるのか」という科白を聞いた若輩のサレーリオは、自分なりに判断したようだ。「君の心が大海原で揺れてるんだよ」と言う。もう一人の友人ソレイニオは、「なにか船荷への気がかりでもあれば……気もめいるさ」と。

アントーニオの年齢がはっきりしない。しかし、ヴェニスで一、二を争う大商人であるようだ。サレーリオたちよりも年長者のようである。

それはともかくとして、貿易船を持って、世界の海をまたいで商売をしているのだ。しかも、アントーニオの船は大海原の上を、そこらあたりの小船を尻目に山車《だし》行列さながら、矢のように飛び過ぎていくのだ。儲けも大きいだろうが、危険もいっぱいである。台風で難破でもすれば身代《しんだい》がぐらつくかもしれない。取り巻き連中が、「アントーニオの旦那は持ち船のことを心配して気がめいっている」のだろうと判断するのは、もっともなことである。スープの上の波を見ても台風を連想するに違いない。石でできた教会を見ると、暗礁を連想するだろう。

「わかった——アントーニオ君、君は船荷のことを考えてふさいでるんだよ」（サレーリオの科白）

ところがアントーニオは、「そうじゃない」と、きっぱりと否定する。

「僕の投資は、船一艘にかかってるわけでもなければ、ただ一つ場所にかかってるわけでもない。今年一年の運不運だけで、まるまる全財産がどうなるってもんじゃない」

すなわち、「一艘の船が難破したぐらいじゃ、俺の身代はびくともしない」と、具体的に説明する。アントーニオは冷静な人間である。この世の現実を商人の眼でつかんでいる。いちいち一喜一憂する必要はない。待てば海路の日和《ひより》あり、なのだ。

このように具体的に理由を上げて否定されると、取り巻き連中としても納得せざるを得ない。そこでソレイニオは、「ほう、それなら、恋か」と尋ねる。銭《ぜに》の心配でないとすれば色恋沙汰であろうと思ったのだ。

もしアントーニオが、十日前に結婚したばかりでルンルン気分の新婚生活を送っているのであれば、ソレイニオとしても「恋か？」という問いは発しなかったはずである。ソレイニオが「恋か？」と言った点からすれば、アントーニオは所帯持ちでないと考えざるを得ない。妻のいる人間に対し「恋か？」と尋ねてはいけない、という定めもないが、しかし一般的に、妻のいる人間に「さては恋の悩みか？」と尋ねることは少ないであろう。むしろ、妻のいる人間に対してならば、「夫婦喧嘩でもしたのかね？」と尋ねる方が自然である。どう見てもアントーニオは独身者である（女性関係がない、という意味ではない）。

この問いに対するアントーニオの答えは、「冗談じゃない」である。研究社版は「まるでお話にならん」、英文では「Fie, fie!」である。辞書を引くと、「（皮肉に、または戯《たわむれ》に）ちえっ。（子供に向かって）こら」といった感じの言葉のようだ。かなりはっきりとした否定を感じる。考えようによっては感情のこもった否定のようである。怒りや不賛成の感情を表現する感嘆詞のようだ。

アントーニオの科白はそれほど多くはない。無駄口はたたかず、用件を正確に冷たく伝える人物のようだ。

「Fie, fie」という言葉は、第二幕第六場の最後に近いところでも現れている。バッサーニオ（美女ポーシアに対する求婚者）が乗る船が出帆しようとしている。この船にグラシアーノも乗船することになっていた（乗船を命じたのはアントーニオ）。このグラシアーノが、どこをうろついていたのか姿が見えなかった。このグラシアーノを見つけたとき、アントーニオは「Fie, fie」（ちぇっ、なんてことだ）と発言している。この場合、「なんてことだ。皆捜していたのだぞ！」という感情がこもっているようだ。当然のことだ。

でも、なぜ「恋か？」と聞かれて、感情のこもった（うがって考えれば、あわてている感じ）「Fie, fie」という声が出たのだろうか？　私は大いに気にかかる。「恋」或いは「男女関係」について、アントーニオの冷静な心は微妙に揺れ動いている、と私は感じる。

微妙なニュアンスはともかくとして、アントーニオは、財産上の心配でもないし、恋の病でもない、と返事したのだ。

ソレイニオとしては、「楽しくないから、ふさぎます、……悲しくないから愉快でござる……」とアントーニオの心のわだかまりの原因に対する考察を放棄してしまう。

そこへ、バッサーニオ（アントーニオの親戚そして乾分《こぶん》）、グラシアーノ、ロレンゾらが現れる。サレーリオが「こんな立派な先生方さえ見えなけりゃ……お相手するつもりだったんだが」と言ってソレイニオとともに退出する。この科白から推察すると、サレーリオやソレイニオたちより、バッサーニオ、ロレンゾたちの方が年長者と考えてよさそうだ。

このバッサーニオ、グラシアーノ、ロレンゾよりも、アントーニオは年長者のようである。というのは、バッサーニオはアントーニオのことを「商人の王者（royal merchant）」（研究社版、三一二一二三七）と言っているし、また裁判の場における判決は、アントーニオが希望したものと同じものになっているから。領主たる公爵でさえアントーニオには逆らわないのだ。かなりの年齢と考えられる。私は、アントーニオとユダヤ人シャイロックは同年代のように感じる。

ところで、新たにやって来たグラシアーノは、「アントーニオさん、どうも顔色がよくありませんね。世間のことを気にしすぎるんですよ。世間なんてもの、そうクヨクヨして手に入れたんじゃ、骨折損てものですがね。ほんとう、ずいぶんお変りになりましたね」と言う。

グラシアーノの判断では、世間体を気に病んでアントニオがふさぎ込んでいるということらしい。しかし、幕は上がったばかりであり、なぜに「世間体を気にする」話が出てくるのか、さっぱり分からない。

さらにアントーニオは「世間は世間、僕はただそう思ってる。みんながその上で一役をもつ、いわば舞台ってことだな、そして僕の役は、愁嘆役《しゅうたんやく》ってわけさ」とはぐらかしてしまう。

結局、何が何だか分からなくなってしまう。ヴェニスきっての大富豪が「愁嘆役という役を、この世という舞台で担当することにしよう」では、あまりにも不自然である。

この場面ぐらい意味不明な箇所は、シェイクスピアの他の作品の中にも見当たらない。私が分からないのだから、四百年前のロンドンっ子だって「一体、こりゃ、何の話かね？」と首をかしげたはずである。

どう考えても分からないということは、シェイクスピアが人々に対し、「目を覚ませ！」と、そして、「この訳の分からないことが、そのうち明らかになるのだ！　劇の進行を見つめよ！」と言っているところであろう。そうでも考える以外、合理的理解ができそうにない。

ところで、この第一幕第一場の意味不明さについて、研究者は論じているのだろうか？

「第一幕第一場のアントーニオを中心とする日常生活的な対話から……」という解説（岩波版p199）を読むと、世間話、挨拶程度といった理解なのかもしれない。

しかし、「今日は晴れましたね」、「お元気ですか」といったふうな会話ではない。あくまで、アントーニオの「心のわだかまり」だけしか話題が出てきていないのだ。百行余の科白が、ただ一つのことに集中しているのだ。『ハムレット』において、ハムレットに刺殺された大臣ポローニアスの屍体蒸発事件に費やされた科白に匹敵する量なのだ。勿論、屍体の蒸発は復活の前兆であるから、この謎はすぐに解ける。

だが、『ヴェニスの商人』冒頭の百行余は、さっぱり見当がつかない。世間話は中心点がないのが普通である。話題が一つのことに集中することなどあろうはずがない。

謎かけの開始！　なのだ。

当然のこととしてシェイクスピアは、アントーニオの心のわだかまりや不満が、その後消え失せたかどうかについて述べているはずである。

この劇は、アントーニオの不満は消えたのかどうか？ を語っているのであろう。冒頭にこれだけの、いや全く理解できそうにない謎を観客の前に提供したのだ。その結論を書いていないはずはない。

アントーニオは心に満足感を持っていない人間として、人類の前にその姿を現したのだ。そして、アントーニオの「心」の内容が、これから三千行の不思議な言葉によって語られるのだ。私はこの冒頭の異様さを見たとき、ゾクゾクするような興奮と興味にかきたてられた。恐るべき魂の真実が、次から次に息もつかせないように現れてくるのではなかろうか。

劇の幕開けで、ヴェニスの大商人アントーニオは「満足感を持っていない人間」、「欲求不満な人間」として我々の前に姿を見せた。この劇が終わるとき、このアントーニオは「満足感を持った人間」として現れるのだろうか？ この点こそ、シェイクスピアが人類に対して投げかけた「謎かけ」ではないのだろうか。

第4章　召使いラーンスロットの転職

1　良心の痛み

ユダヤ人金貸しシャイロックの召使いラーンスロットは、第二幕第二場で初めて登場する。ヴェニスの商人アントーニオが、乾分《こぶん》のバッサーニオのためにシャイロックから三千ダカットの大金を借り受けることに成功した。その直後、ラーンスロットはシャイロックのところからバッサーニオのところに転職することになる。

しかし、ラーンスロットは良心が痛むのだ。良心は「転職するな！」と命ずる。しかし悪魔は「転職せよ」と強要する。迷ってはいるが、ラーンスロットは悪魔の指示に従う気になっている。彼も、ヴェニスに出てきたころは純朴な青年であったであろう。しかし、今では黒人の女をはらませる程度の、いっぱしの悪党になっているようだ。黄金の支配するヴェニスの悪に染まっているのだ。

転職を決意しているラーンスロットのところに、ラーンスロットの父親が田舎からやって来る。この父親は手に籠《かご》を下げている（内容はしばらくしてから明白になる）。父親は視力が不充分（霞眼《かすみめ》）である。道でラーンスロットをつかまえて、シャイロック旦那の家への道順を尋ねる。父親は眼が不自由なので自分の息子を他人と思っているのだ。しかし考えようによっては、視力はないが心眼《しんがん》は持っているのですよ——と、シェイクスピアは聴衆に呼びかけているのかもしれない。

「ジュウの旦那の家」への道順を尋ねられた息子は、「右へ……こんどァ左へ……こんどァどっちにも曲らねえで、ぐるぐると回って……」と父親を混乱に落とし込む。

父親は「あの旦那の家さ御奉公に上ってるラーンスロットって男のことだが、いまもまだいるだか、どうだか？」と息子に尋ねる。息子の様子を見にやって来ているのだ。或いは何やら胸騒ぎでもして、いたたまれずに、花の都ヴェニスにやって来たのかもしれない。

息子は「若旦那のラーンスロット様のことだかね？」と切り返す。これを単なる冗談とみていいのだろうか？　いや、そうではないだろう。「もう、お前さんなんかとは住む世界が違うんだよ」と父親に対し言っているのだ。

田舎から出てきて都会で働いている若者が、もし家族の者と道端でばったり会ったとしたら、その人に走り寄って抱きつき、「ああ」とか「わあ」とか感動の声を上げるのではなかろうか？

もし貴男か、或いは貴女が、四百年前、故郷を離れてお江戸に出てきていたとしよう。そして町でばったり、身内の人と顔を合わせたとしよう。貴男は、或いは貴女は、その人に抱きつき、声にならない声を上げて感動を表すのではないだろうか。ああ、久し振りに故郷《ふるさと》に会ったのだ。一瞬ではあるが、時が止まったような感動におそわれるのではないか。

しかし、ラーンスロットは父親を馬鹿者扱いにした。そして、自分を「若旦那と呼べ」と言う。通常のことではない。ラーンスロットの心は遠いところへ行ってしまっているのだ。

父親は息子の勤め先であるシャイロック旦那の家を捜しているが、息子の方は自分を「若旦那と呼べ」と言い張るし、全く話が嚙み合わない。

ラーンスロットは、「若旦那様は死んでしまった」と父に言う。父親は「老後の杖柱《つえばしら》だったのに」と嘆く。ラーンスロットはたまりかねて、自分がお父さんの息子だよ、と言う。しかし父親は、それが信じられないらしく、「わからねえ」と言う。

再度ラーンスロットは父親に「俺のことわからねえだかね？」と尋ねる。父親は「なにせ霞眼《かすみめ》だによってな、わからねえだね」。

ラーンスロットはひざまずいて、「まず俺の幸福から祈ってくれろよ。悪事千里、天網恢々《てんもうかいかい》、疎《そ》にして漏らさずともいうだからな。どうせ人の子だって、とどのつまりゃ知れねえじゃ置くめえ」と父にお願いする。

ラーンスロットは悪の道に入るつもりなのだ。だから良心が痛んでいるのだ。それかと言って、後へ退《ひ》く気はない。父親の祈りで、自分の罪をのがれたいと思っているとしか思えない。良心のかけらは残っているが、正しい道に戻る気はない。それかと言って罰は受けたくないのだ。身勝手と言えばそれまでだが、平凡な人間がよくやることである。

ラーンスロットが悪魔の誘いにのる決心をしているからこそ、その罪悪感におびえて、父にお祈りしてくれと頼んでいるのだ。

シェイクスピアは人間の魂を正確に描き出す作家なのだ。言葉遊びで誤魔化すことはしない。いや、言葉の奥にある魂の真実を読むことを要求し続けた人間である。

ところで、父親にお祈りをお願いしたが、ついに父親は祈らなかった。この時点で、父親は息子を見限ったようだ。きっと、「この息子の奴は変わり果てた。忠告したとしても無駄だ！」と判断したのだ。

だから、父親は再度、「まさかお前様がラーンスロットだなんて、そんなはずねえだがなァ」と断言する。ラーンスロットは、冗談はやめてくれと言って、また、お祈りしてくれと頼む。それでも父親は「とんでもねえ、お前様が俺の倅だなんて」と言い切る。

ラーンスロットは、お母《ふくろ》の名前はマージェリだ、親父《とっつ》ァんの息子だ、としつこく父親に迫る。父親は、そういうことなら息子に違いない、と認めたようだ。

しかし、「それにしちゃ、おっ魂消《たまげ》ただなァ、なんて、まあ、ひでえ鬚《ひげ》してるだね。お前の顎《あご》さ、俺が宅《うち》の駄馬、ドビンの尻尾よりもすげえじゃねえかよ」と言う。

この科白はよく分からない。現在では父親が、ひざまずいている息子の後頭部に手を触れて、息子の顎髭《あごひげ》と勘違いしているという解釈になっているようだ。

或いは、そうかもしれない。しかし、父親が言いたいことは、昔のあの息子は変わり果てたということである。だから父親は、

「……ひでえ変りようじゃねえだか。御主人様との間はうまく行ってるだかね？　俺ァ旦那様に手土産さ持って来てるだが、折合いは、いってえどうだかね？」

息子は「……ずらかるってことに決めただからにな、これはもうちっとでもずらかってみねえじゃ、決まりがつかねえ。旦突《だんつく》と来た日にゃ、腹ん底までジュウだでな。野郎に手土産やるだなんて、首ッくくり縄でもくれてやった方がええだよ」と言い、手土産をシャイロックではなく新しい主人であるバッサーニオに差し上げるように、と言う。

父親は籠に入れた山鳩の肉の手土産まで持ってきていた。シャイロック旦那に対する感謝の気持ちをもって、ヴェニスにやって来ているのだ。

眼の悪い父親は、自分で山鳩を捕ることはできないはずである。誰かに頼んで手に入れたのだ。しかも、その山鳩は姿のままではない。英文では「a dish of doves」となっている。少なく

とも何らかの処理がほどこされているのだ。

シャイロックが使用人に飯も食わせないような人物だったら、父親はこのように心のこもった手土産を準備するだろうか？　そもそも息子ラーンスロットにしても、ろくに飯も食わせてくれないシャイロックであったとすれば、その邸《やしき》から「ずらかる」ことに罪の意識は持たなかったはずである。

人間の常識をもってすれば、右のように考える外はない。

この手土産を、父親としてはシャイロック旦那に食べてもらいたかったのであるが、息子とともにバッサーニオの家に行くこととなる。父親の胸の内はどのようなものであっただろうか。

しかし、花の都ヴェニス、右も左も分からない。眼も霞んでいる。結局、息子に従わざるを得なかった父親！　いや、父親は息子を捨てたのだ。だから黙って息子に従ったのだ。「これが最後の息子へのはなむけ」にと、息子について行ったのであろう。

この親子は、バッサーニオの邸に着いたようだ。

皆さんは言うかもしれない。山鳩料理の手土産ぐらいで大騒ぎするなど、文学を知らない人間の言うことだと。天下の大天才シェイクスピアは食い物のことにこだわるような小人物《こもの》ではないぞ！　と。

しかし、シェイクスピアがこの手土産に多大の劇的効果を計算していたことは、次のことで明白となる。
①父親が籠を下げて登場するのは、第二幕第二場の三十行。
②この籠が父親のシャイロックへの手土産であることが述べられるのは、同八十八行である。五十八行の科白の間、観客は「あの籠は何だろうか？」と気にし続けるだろう。しかし、この時点でも、内容までは分からない。観客は、「この親父さんが田舎から持ってきたのだから、何だろうか？　きっと大根か蕪《かぶ》、それともできそこないのリンゴぐらいだろうよ？……」と考えるだろう。
③親子がバッサーニオと会ったとき、同一二〇行で、やっと山鳩料理であることが述べられる。

2　「鳩」について

なぜシェイクスピアは、ラーンスロットの父親に「a dish of doves」を持たせたのか？『新約聖書』によれば、鳩は神に供えるものであったようだ。もちろん人間も食用にしたであろう。『新約聖書』を見ると、神殿には「両替え」、そして「鳩を売る人々」が居たようだ。イエスは、神殿で金儲けをするのは許せないと考えたのか（?）、両替え人の台と鳩を売る者の腰掛けを倒した（「マタイによる福音書」二一―一二、「マルコによる福音書」一一―一五）。鳩は神に捧げるものとして、神殿で売られていたのだ。

人間が動物や鳥を食べるときについて、『旧約聖書』は次のように記す（「レビ記」一七―一三以下）。

「イスラエルの人々であれ、彼らのもとに寄留する者であれ、食用となる動物や鳥を捕獲したなら、血は注ぎ出して土で覆う。すべての生き物の命はその血であり、それは生きた体の内にあるからである。わたしはイスラエルの人々に言う。いかなる生き物の血も、決して食べてはならない。すべての生き物の命は、その血だからである。それを食べる者は断たれる」

食べ物、またはその料理方法について、宗教、人種、民族によって差異があるようだ。『新約聖書』によれば、鳩は神に供えるものであったらしい。そして、人間が鳩を食べるときは、『旧約聖書』によれば、血を抜いておかねばならない。

日本で山鳩を手土産として持っていくときは、その姿のままでも許されるかもしれない。しかし、イスラエルの人々に持っていく場合、最低限、「血抜き」はしておかねばならない。

ラーンスロットの父親は、シャイロックの旦那を神のように尊敬していたのではないか。当然、それなりの処理をしておかねばならない。だからdovesを持参してはいけない。何らかの処理がしてあるから「a dish」（一皿、または料理したもの）となるのだ。

この立派な魂の入った手土産は、本来はシャイロックがもらうはずだった。それがバッサーニオの方へと流れていく。三千ダカットはシャイロックからバッサーニオへと渡っていった。そして今度は、心のこもった手土産もバッサーニオへ流れた。

劇の流れは、大事なものがシャイロックからはがされ始めている。

右が、シェイクスピアが手土産に込めた魂ではないのか！　この手土産は、歯の浮くような空しい科白の一千行をはるかに超えている。

念のため、ラーンスロットがシャイロックのところで充分に食事をしていたかどうかを確認しておこう。もしかすると、痩せ細ったラーンスロット像とやらが、まかり通っているかもしれないので。

ラーンスロットの食事についての発言は一カ所だけである。英文は、

I am famished in his service ; you may tell every finger I have with my ribs.

「famish」は「飢えさせる」という単語。だから直訳すれば、

「私はシャイロックのところのサービス（食事）で飢えている。肋骨で全ての指を（指の一本一本をという感じ）数えることができるだろう」

「肋骨で指を数える」ことはあり得ないから、「指で肋骨を数える」を反対に表現したものと解されているようだ。

しかし全ての単語を逆転させると、「腹一杯食わしてもらっているので、指で肋骨を数えることもできない」となる。田舎にいるときより太っているのだ。

シャイロックも食事のことを言っている。

「これからはもう大飯食《くら》いもできんぞ」（二―五―三）

ラーンスロットに面と向かっての科白である。面と向かって言えば、反論が来る可能性がある。しかしラーンスロットは全く反論していない。

そもそも、飯も食わせてもらっていない職場をずらかるのに、良心が苦しむはずはない。父にひざまずいて、罪はいずれ明白になるのだから私のために祈ってくれ、と頼むはずがない。

3　ラーンスロットの罪状

ラーンスロットは転職した。悪魔の誘惑に負けたのである。長々と迷いの独白をしたということは、彼は彼なりに苦しんでいたのだ。罪を犯したくないと思いながらも、誘惑に勝てなかったのであろう。

転職そのものが罪であったが、この後、彼は次のような行動をとる。

第二幕第三場で初めてシャイロックの娘ジェシカが登場する。ジェシカはロレンゾ（バッサーニオの友人）と恋仲である。

ジェシカはラーンスロットに、恋人ロレンゾへの手紙を託する。単なる恋文ではなさそうだ。というのは、ジェシカとロレンゾは駆け落ちを考えている。この手紙には、その駆け落ちの計画の内容などが記されているのだ。シャイロックにとっては大打撃になる駆け落ち事件である。ラーンスロットは元の雇主に対し背信行為をしている。娘の駆け落ちの片棒をかついだのだから。

ラーンスロットのジェシカに対しての初めての科白は、実に驚くべきものである。

「ジェシカの父親はシャイロックではない」というものである。

具体的には、

「……異教徒じゃあるが、ほんとうにええ女、気のええジュウだよ。きっと、耶蘇《やそ》の野郎奴が悪戯《わるさ》しやがってよ、お前《めえ》さんて子をこせえやがったにちげえねえ」

すなわち、ジェシカは、ジェシカの母とキリスト教徒との間にできた子供だと言っているのだ。

この部分の研究社版は次のとおり。

「……ああ美しい異教徒、愛らしいユダヤ娘よ。きっとどなたかキリスト教徒があの父親の裏をかいて、あんたをものにしますとも」

右は、ジェシカとロレンゾの駆け落ちを予言している言葉と理解した上での訳であろう。過去のことなのか、将来のことなのか？

ところで、Ｆ１では、明らかに過去形になっている（研究社版脚注p75）。ジェシカの父親が誰か、ということは、『ヴェニスの商人』の根本的な出発点なのである。シェイクスピアの魂を知るためには避けて通れないところである。というより、この物語が成立しなくなってしまう。

ところで、ラーンスロットは開口一番、なぜ、お前の父親はシャイロックではなくキリスト教徒である、と言ったのだろうか？　ラーンスロットの言いたかったのは、

「お前さんの父親はシャイロックじゃないのだぞ！　だから駆け落ちしたとしても、父親を悲しませることにはならない。駆け落ちするのは権利だ。実の父親さんは喜びなさるぜ！」

ではないのだろうか。ジェシカも、実の父が誰であるかを知っている（後述）。

ラーンスロットはジェシカの手紙をロレンゾに渡し、ロレンゾのジェシカへの「まちがいなく行く」という伝言を引き受ける。

要は、仮面姿での町を上げての乱痴気《らんちき》騒ぎの祭りを利用して、ジェシカは男装の炬火《たいまつ》持ちに変装し、ロレンゾと手に手をとって駆け落ちするという計画。そしてジェシカは、持てるだけ

の金貨、財宝をだぶだぶの服の下に隠すというのである。

ラーンスロットは、新しい雇主バッサーニオがシャイロックを夕食に招待している件をシャイロックに伝える。

「どうぞお出かけなすって下せえまし、俺《おら》が旦那は貴方様の御叱責（出席）をお待ちでごぜえますだから」

研究社版脚注（ｐ81）によれば、「approach（出席）」とすべきところを「reproach」にしたものらしい。「reproach」は「非難」という意味のようだ。

次のラーンスロットの科白がすごい。

「それに、みなさんの方じゃ、ちゃんと手筈までできてなさるようで……」

研究社版訳（ｐ81）は次のとおり。

「それに皆さまご一緒に企んでおいでで」

英文は、

And they have conspired together.

直訳すれば、「彼らは一緒に共謀しています」という感じ。「彼らは共謀してシャイロックを夕食に招待している」というのである。

いずれにせよ、ラーンスロットはシャイロックに夕食への招待の旨を告げ、シャイロックはバッサーニオの夕食にいやいやながら出席することになる。

以上が、ラーンスロットの罪状である。要約すれば、

①シャイロックのところをずらかって、バッサーニオの召使いになった。

②シャイロックの娘ジェシカに「お前の父親はシャイロックではなくクリスチャンである」と告げる。

③ジェシカと恋人ロレンゾとの駆け落ちの連絡役を務める。

④シャイロックをバッサーニオの夕食に招待するという連絡をする。

最も重要なことは、ジェシカがロレンゾと無事に駆け落ちすること、そして駆け落ちの際、持てるだけの財宝を身に着けること。

そのためには、駆け落ちの際、「止める」べき人が居てはならない。シャイロックも不在でなければならない。また、シャイロックの使用人も居てはならない。ジェシカは、身に着けられるだけの財宝を持って、誰にとがめられることもなく駆け落ちができる。

このためにこそ、ラーンスロットはシャイロック邸から姿を消していなければならなかった。

これがラーンスロットの転職の最大の原因なのだ！

そして、それは皆が共謀していたことなのだ。それゆえシェイクスピアは「皆が共謀してい

る」という異様な表現をしたのだ。シェイクスピアが異様な表現をするときは、それなりの意味があるのだ。言葉遊びではない。シェイクスピアが「さあ、よく考えな！」と言っているところなのだ。

以上がラーンスロットの罪である。世話になっていたシャイロックを裏切ったのだ。それゆえ良心が苦しんでいたのだ。

これだけの共謀を、勿論ラーンスロットができるはずはない。悪魔がいるのだ。ラーンスロットは悪魔の手先になっただけである。

一体、その悪魔とは誰か？

4　仕掛人は誰？

ラーンスロットは自分の意思で転職を決意したのではない。

確かにラーンスロットは、シャイロックについて次のように述べている。

「旦突《だんつく》と来た日にゃ、腹ん底までジュウだでな」（二―二―九一）

研究社版（p65）では、

「あの旦那は正真正銘のユダヤ野郎だ」

先入観を持っていればともかくとして、単なる事実を述べているだけである。ラーンスロットは「旦那はユダヤ人です」という事実を述べているにすぎない。

ついで、ラーンスロットは次のように言う。

「あのジュウの野郎奴、ひでえやり方をするんでごぜえますだよ」（二―二―一一六）

研究社版（p67）では、

「ユダヤ人は大層悪どい扱いをいたしますもので」

確かに、シャイロックを批難している科白であることは明白である。しかし、具体的にどのようなひどい扱いがあったのかは述べられていない。ラーンスロットの言葉は「シャイロックはユダヤ人である。そして自分をひどく扱う」というだけである。具体的事実は述べられていない。

一方ラーンスロットは、悪魔はずらかれと言い、良心はずらかるなと言う、という長い独白を述べたという事実。そして、父親はシャイロック旦那に、山鳩をきれいにさばいて、心のこもった手土産を持参していたという事実が存在する。

抽象的な言語と、右の具体的事実、そのどちらが真実に近いのだろうか？

「シャイロックは悪党だ！」と叫ぶラーンスロットの科白は、自分が述べた「悪魔の奴は、『動けっ』って吐《ぬか》しやがる」という科白の前には、その力を失ってしまうのではなかろうか。父親が持参した手土産に込められた魂と比べるとき、あまりにも空しいのではないだろうか。なぜに転職するかという具体的理由が全く述べられていないということは、やはり、ラーンスロットは悪魔のすすめで転職したのだと断定せざるを得ない。

それでも、ラーンスロットは自分の意思で転職した。虐待に耐えかねて転職したと主張する人がいるかもしれない。もし、そう主張するのであれば、その根拠を示す義務がある。

シェイクスピアは仕掛人の存在を暗示しているようだ。さらには、仕掛人はこの人物であるということを見事な描写で、明確に我々に伝えている。

ラーンスロット親子はバッサーニオの邸《やしき》に行く。
親子の前に姿を現したバッサーニオは召使いに次のように言う。
「それもよかろう、だが、いいか、大急ぎでだぞ、おそらく五時には夕食の支度ができているようにな。この手紙を届けるのだ、それから、仕着《しきせ》の註文をして、グラシアーノには、すぐと俺《わし》の家まで来てくれるようにとな」(二―二―一〇〇)
この時点では、まだラーンスロット親子はバッサーニオに挨拶もしていない。バッサーニオが召使いに命じた用件は次の三つである。
(1) 五時までに夕食の支度をせよ。夕食にはシャイロックを招待している。そのための夕食準備であろう。

(2) 手紙を届けよ。誰に対するものか、またはその内容は不明。

(3) 仕着《しきせ》の注文をせよ。仕着というのは制服みたいなもののようである。バッサーニオ家では、自分の家専用の制服を従業員に着用させていたのだ。仕着の英文は「liveries」、liveryの複数形である。

この後、ラーンスロット親子がバッサーニオに挨拶することになる。そして手土産を差し出す。それに対しバッサーニオは「……どういう用かね?」と尋ねる。

ラーンスロットは、ご奉公したいのだ、と答える。すると、バッサーニオは次のように言う。「お前のことはよく知っている。願いの筋は承知した。実は今日、お前の主人シャイロックとも会って話したんだがな、お前のことを推挙していた。もっとも、物持《ものもち》のジュウから暇《ひま》をとって、こんな貧乏紳士の家来になるのが、推挙といえればの話だが」(二―二―一二九)

さらに、「今の主人から暇がとれたら、僕の宿を訊ねてくるがよい。〔従者たちに〕一つこの男にも、お仕着《しきせ》をやってくれ、朋輩よりももっとずっと飾りのついた奴をな。いいか、頼むぞ」。

ラーンスロット親子とは話もしない時点で「お仕着」を注文せよと言ったが、今度は「朋輩よりももっとずっと飾りのついた」お仕着を作ってやれ、と言う。朋輩のより上等なお仕着をラーンスロットに新調してやろう、ということである。

この立派なお仕着のことは、今初めてバッサーニオの口から出たことだから、ラーンスロットは初めて聞いた話であるはずである。しかしながら、ラーンスロットはお仕着のことを、バッサーニオ邸に到着する以前に知っていたのだ。単なるお仕着であるならともかく、「飛び切り上等のお仕着」のことを、ラーンスロットは知っているのだ。ということは、転職の事前打ち合わせができていたと考えねばならない。

バッサーニオのもとで働きたいとお願いに来たというのに、それ以前に「飛び切り上等のお仕着」を作ってもらえることを知っていたということは、誰かがすでに、ラーンスロットとバッサーニオに話をつけていたと考えざるを得ないのではなかろうか？

ラーンスロットの、バッサーニオ邸到着の直前の科白を見てみよう。ラーンスロットは父親に次のように言っているのだ。

「……その土産物《みやげもの》さ、なんだ、バッサーニオの旦那に差上げてくれろよ。すばらしい新調のお仕着さ、くださるそうだかんな。俺ァもう世界の端っこまで駆《か》けずりまわってもええだ、あの旦那にお仕《つけ》えしねえでおくもんか。なんて、まあ、運がええだね……」

ヴェニスの町、自由貿易のおかげで「金」がうなっている世界。アントーニオらによって代表される商人こそ、今や花形の人物なのだ。新興の商人たち、その上に存在する領主、貴族連中。しかし、領主、貴族たちも実質的には新興財閥の金の力の前に頭を下げはじめていただろう。

　この商人、または貴族の従業員たちは、きっと金ぴかのしゃれた制服を着ていたのであろう。昔風の金貸し、昔風の大工、石工、そこで働く若者はきっと、むさくるしい昔風の服を身にまとっていたのであろう。この生活に満足している若者もいたであろう。しかし一方では、あの商人の、または貴族らの家の従業員みたいになりたい、あの金ぴかの制服が着てみたい、現在の自分を変えたい、と思っていた若者もいたであろう。

　ラーンスロットに転職を持ちかけた人物も、なかなかのものである。この人物はラーンスロットの心の動きを見抜いていたのだ。「こいつは使えるぞ！」と見抜いていたのだ。

　そして、きっと次のように言ったのだろう。

「おい、ラーンスロット、その薄汚ねえ着物は……笑うにも笑えねえぜ。おいラーンスロット、金ぴかの制服を着たかあないのかね！」

　ラーンスロットはその仕掛人の顔を見つめたに違いない。しかし、急な話ではあるし戸惑ったただろう。

「えー？　どうだ、そんな頭陀袋《ずだぶくろ》みてえな服を脱いで、あの制服を着てみたかあねえのか？バッサーニオのところに奉公すれば、そうよなあ、またとねえような飛び切り上等の、うん、ほかの同僚よりもっと派手な制服を作ってもらえるぜ！　こんな機会は、そうざらにないぞ！またとねえ機会じゃないのかね！　この機会を逃すのかね？　それに、お前さんも何やかやと、黒人女をはらませたとか！　やっかい事もかかえ込んでるんじゃねえのか。まあいいさ、制服だ！　着てみる気はねえのか？」

ラーンスロットは「本当でごぜえますか？」と上目づかいに、その仕掛人の顔を見つめながら言っただろう。

「疑うのかね。俺も、ちったあ名の知れたヴェニスの商人だ。嘘は言わねえよ」

こうしてラーンスロットは、この申し出を承諾したに違いない。

すでに、ラーンスロットは古い生活に嫌気がさしていたのだ。黄金の町でヴェニスの悪い空気の味を覚えはじめていたのだ。旧い世界から憧れの新世界に入ることを願っていたのだ。

ラーンスロットの転職は、自発的意思というよりも、或る仕掛人の教唆《きようさ》（そそのかし）によるものである。ラーンスロットは悪魔のささやきに乗ったのだ。一方から言えば乗るべき心理状態にすでになっていたのだ。

シェイクスピア研究者は、私に対し言うだろう。

「シェイクスピアを読まないで偉そうなことを言っているが、まずは読むこと！　それをしないで妙な理屈を考えだして！　バッサーニオが言ってるじゃないか！『シャイロックのすすめで転職したのだ』ぞ！」と。

確かに、バッサーニオは言っている。

「……シャイロックとも会って話したんだがな、お前のことを推挙していた……」と。

右の科白から見れば、シャイロックがバッサーニオ邸への転職を勧めたことになる。

しかし、シャイロックが推挙している場面は存在しない。だとすれば真相は分からないことになってしまうのか？

しかし、全く心配御無用。バッサーニオの右の科白が虚偽であることを、シェイクスピアは我々に教えてくれる。バッサーニオの言葉の虚偽を、目前に迫る事実によって跡形もなく打ち消してくれるのだ。

シャイロックの科白を検討してみよう。

ラーンスロットがシャイロックに退職を申し出ている場面は存在しない。しかし、ラーンスロットの退職（転職）が動かせないものであることを知った、その直後のシャイロックの科白が存在する。第二幕第五場の冒頭である。

シャイロックは言う。

「いいか、今にわかる、貴様のその眼が判断してくれる、このシャイロックとあのバッサーニオと、どうちがうかな。おい、ジェシカ！――これからはもう大飯食《おおめしくら》いもできんぞ、俺《わし》の家でやったようにはな。――おい、ジェシカ！――大鼾《おおいびき》をかいて寝ることも、服を鍵裂《かぎざ》きだらけにすることもできん。ジェシカ、聞えんのか！」

シャイロックは激怒している。このシャイロックとあのバッサーニオの違いを、お前の眼で確かめろ！　と怒鳴る。

今までみたいに、大飯食いもできんぞ！　いびきをかくことだって、服を破くことだって、俺のところなら、やかましくも言わねえが、バッサーニオのところじゃ、そんな甘ったるいことは通用せんぞ！　とシャイロックは怒鳴っているのだ。

この劇の中で、これ以上の激怒の場面はない。ラーンスロットに怒り、そして娘のジェシカにまで八つ当たりしているではないか！

転職を推挙した人間の行動なのか？　その反対である。バッサーニオの「シャイロックが推挙した」という科白は、右の激怒という事実によって完全に打ちくだかれる。

単なる科白の存在と、激怒という目前の事実の存在、そのどちらが真実に近いのか？　とシェイクスピアはロンドンっ子に「考えよ！」と詰め寄っているのだ。人間の言葉、裏付けのない言葉のあやふやさを、ロンドンっ子の前に突きつけているのだ。

しかし、次のような反論があるかもしれない。

シャイロックはラーンスロットが退出した後、次のように言っているではないか、と。

「馬鹿野郎奴《ばかやろうめ》、人間は悪くないが、とにかく大飯食《おおめしくら》いで儲《もう》け仕事ときちゃ、蝸牛《かたつむり》よりも鈍物。しかも、昼日中から、山猫顔負けで眠りこけてやがる。穀潰《ごくつぶ》し蜂《ばち》をおいとくわけにはいかん。だからこそ、暇をやるんだ。あの男にくれてやって……」(二－五－四五)

右の科白は、シャイロックがラーンスロットを辞《や》めさせた証拠になるだろうか？　そうではない。その反対である。

シャイロックは先に述べたように激怒した。しかし、ラーンスロットは行ってしまった。シャイロックは自分をなぐさめているのだ。「大飯食いの馬鹿野郎、穀潰しだ。だから、こっちの方から暇を出したんだ！」と自分に言っているのだ。こう言うことで、シャイロックは激怒の苦しみから逃げたのである。裏を返せば、それほどまでに激怒していたのだ。

例えば、目指すA大学の入学試験に失敗した人は次のように言うかもしれない。「考えてみりゃ、落ちて良かったぜ。A大学は授業料は高いし、駅からも遠い。近くに飯屋もないらしいぜ。だから落ちてやったんだ」と。この科白を聞いて、この人はA大学をもともと嫌っていたなどと判断してはいけない。人間は、こんなふうにして怒りや悲しみをごまかすこともあるのだ。

悪魔の声にそそのかされたラーンスロットは、バッサーニオの元へ去った。

ラーンスロットが居なくなり、シャイロックはバッサーニオ邸に夕食に招かれた。

娘のジェシカは、誰にとがめられることなく金貨や宝石を身に着けた。

ジェシカは恋人ロレンゾに書き送っている。「金や宝石はどれだけ身に着けて持ち出すか」と。

ジェシカがロレンゾに尋ねているということは、ロレンゾが持ち出すことに大いに関心を持っているということを意味する。

ジェシカのいる二階の窓の下に来ている恋人ロレンゾに、ジェシカは言う。

「さ、この箱、受け取ってね」

さらに、「もっとお金を身につけて、すぐそこへ行くわ」（二―六―五〇）。

二人は恋をしているのであろう。しかし、お金を持ち出す会話しかない。

持てるだけのお金と宝石を身に着けたジェシカは、二階の窓から抜け出して、地上にいるロレンゾと合流した。

恋の逃避行の準備完了。いや、財宝泥棒は終了した。共同共謀による集団窃盗事件は終了した。仕事は終わったのだ。

そして、アントーニオが直ちに登場する。そして言う。

「ちぇっ、なんてことだ、グラシアーノ。外の連中はどこだ？　もう九時じゃないか。連中は

みんな待ちかねてるぞ。今夜の仮面舞踏《マスク》はやめにした。風向きが変ったからな……」（二－六－六（二））

風向きが変わったのではない。仕事が終わったのだ。だとすれば、仮面舞踏はこれにて終了なのだ。恋の逃避行という仮面をつけた集団窃盗は終了した。アントーニオはその終了を宣言したのだ。

終了を宣言することのできる人物――それは、仮面舞踏の開始のベルを押した人物ではないのか！

第一次の仮面舞踏は無事終わった。しかし、この程度のことで、彼の「ふさぎの虫」はおさまらないのではないのか？

この場面におけるアントーニオの科白をよく見ていただきたい。第一幕第一場における弱々しい感じがない。乾分《こぶん》の上に君臨する王者、親分の風格があるのではないか。寝ていた獅子《しし》が目を覚ました感じを受ける。

これがヴェニスの商人の真の姿であったのだ。アントーニオが全ての犯罪の主謀者なのである。

ラーンスロットの父親は、息子の転職の場面で一度だけ姿を現すだけである。この父親は、シャイロック旦那を裏切ろうとしている息子を許さなかった。息子の変わり果てた姿を見て、その日のうちに田舎へと帰ったであろう。目もかすんでいる父親が、花の都ヴェニスから、一人さびしく帰っていく姿を感じてもらいたい。

田舎に帰った父親に対し、近所の人々は尋ねるだろう。

「おい、花の都はどうだったかね。山鳩の血を抜いて、ちゃんと料理して持っていったが、さぞ、シャイロック旦那も喜びなすっただろう。息子は元気にしてたかね。酒でも飲みながら、花の都の話でも聞かせてくれよ」と。

父親は言う。

「それがのー、あの息子の奴は、悪い病魔に食われっちまったらしく、死んじまってた」

「へーえ？　じゃ、あの山鳩料理はどうなった。あんな心のこもった料理は、女王さまだって、めったに食えないぜ！」

「あれか？　忘れたね。どこかの盗《ぬす》っとねずみが食ったんじゃねえのか……」

近所の人は父親の悲しみと怒りにみちた顔を見て、

「へーえ、そうだったのか！　花の都という所は、おっかねえ所だね……」

きっと父親は死ぬまで息子のことは口に出さなかっただろう。そしてヴェニスへも行かなかっただろう。

ところで、この部分について、少なくとも一つだけはパロディー的な箇所があることを指摘しておこう。

シェイクスピアは聖書から借用する傾向がある。ロンドンっ子も聖書のことならシェイクスピアと同じぐらいの教養を持っていたのだろう。理解してもらえるからこそ、聖書から色々と借用したのだ。

『ハムレット』においては、大臣ポローニアスの屍体の蒸発事件。これはイエスの復活の前の状況。だからこそポローニアスは、オズリックとして復活した。人類愛のために復活したイエスの姿を借用して、復讐のために復活したポローニアスを描いた。

『ロミオとジュリエット』では『旧約聖書』の中のモーゼと純金の子牛像の大事件。魂を失った者に対する怒りを示すために、シェイクスピアはこの劇の最後に純金の像を持ってきた。

『お気に召すまま』においては、ヒロインのロザリンドが、伯父の話によれば恋に悩む男は次のようでなければならない、と言う（阿部知二訳、岩波文庫、p97）。頬がこけること、眼のふちが黒ずんで落ち込むこと、手入れもしない髪。長靴下は締め紐のはずれ……云々。

右は、イエスがゴルゴダの丘を登るときの姿からの連想である。人類への愛のために死んだキリストの愛を、男女の愛に転用したものである（『よみがえる「ハムレット」』p139以下参照）。

さて、『新約聖書』（「マタイによる福音書」二六ー三一～七五）によれば、ペトロはイエスにどこまでも従って行くと言った。しかしイエスは、「はっきり言っておく。あなたは今夜、鶏が鳴く前に、三度わたしのことを知らないと言うだろう」と。

現実にペトロは三度、「知らない」と言った。

「何のことを言っているのか、わたしには分からない」

「そんな人は知らない」

「そんな人は知らない」

右のようにペトロは、捕らえられたイエスのことを三度、「知らない」と言っている。シェイクスピアは、この三度の「知らない」を、ラーンスロットの父親の科白に借用している。念のために英文で確認しておこう（研究社版ｐ62）。

①「I know you not」

②「I am sure you are not Lancelot, my boy」（息子ラーンスロットであるものか）

③「I cannot think you are my son」（息子とは思えない）

おそらく六十秒ぐらいの間に「知らない」が三回も出てくると、ロンドンっ子も「聖書から借りてきてるぜ」、「シェイクスピアもなかなか、すみにおけないぜ」と、顔がほころんだかもしれない。借用といってもパロディー的借用である。

ペトロはイエスの死後、苦しみ、そして改心したのかもしれない。しかしラーンスロットの父親は「知らない」を一生涯貫いたに違いない。ヴェニスの商人に正面から「ノー」をつきつけたこの父親は、シェイクスピアが作った人物像の中でも、特筆されるに値する人格である。

もしかすると、誰かが私に反論するかもしれない。

「いろいろ屁理屈を並べているが、現に父親は息子に付き添ってバッサーニオのところに行って就職お願いをしているではないか。どうだ、参ったか！」と。

たしかに父親はバッサーニオのところに行ったし、山鳩料理も差し出している。しかし、シェイクスピアは、私に対するこの反論をものの見事に打ちのめしてくれる。

父親の科白を列記してみよう。

①これはこれは、旦那様、御機嫌よろしゅう。

God bless your worship.

②旦那様、こいつァ俺《おら》の倅でごぜえますだが、まったくの文無《もんな》し野郎でごぜえまして……

Here's my son, sir, a poor boy ——

③実はこの倅奴が、ぜひとも一つ御奉公させていただきてえと、そのなんて申しますだか、すっかりてんかん（念願）致しておりますんで……

He hath a great infection, sir, as one would say, to serve ——

④そこで、その御主人とこの倅の野郎とでがすがね、どうも旦那の前じゃなんだが、なんとも性質《うま》が合わねえような風でがして……

His master and he, saving your worship's reverence, are scarce cater-cousins ――

⑤ところで、こりゃほんのちょっぴり山鳩の肉でごぜえますだが、旦那様に召上っていただきてえと存じまして、それで、そのゥ、お願えと申しますのァね……

I have here a dish of doves that I would bestow upon your worship, and my suit is ――

⑥そうなんでがす、それがそのお願いのきず（すじ）でごぜえますだ。

That is the very defect of the matter, sir.

以上①〜⑥のうち文として完結しているのは、①と⑥だけである。②〜⑤は科白が終わっていない。

①は初対面の挨拶であるから、特に問題はなさそうである。

なぜ科白が完結しないのか？

「言葉をにごす」という行為は、本心を隠すときの常套《じょうとう》手段である。貴方たちがいつも毎日やっていることである。もう少しはっきり言えば「遠回しの拒否」なのだ。

②は息子が貧乏人（或いは、あわれな奴）だと言っているだけ。その先は「……」、あわれな息子でござんすが……、だけである。

③息子が御奉公しててえとてんかん（念願）している……

しかし英文は、息子は御奉公したいという大きなインフェクションを持っている、となっている。インフェクションとは、伝染、汚染、感染源、伝染病、感染症、悪影響、感化、伝播……、悪いものが移動するという言葉のようである。あまり良いことには結びつかないようだ。「息子は御奉公したいという悪い病をうつされておりまして……」と訳したって、落第点はつかない。

アフェクション（affection）と言うべきところを間違ったということらしい（岩波版注解p182、研究社版脚注p66）。アフェクション（熱望）の言い違い（研究社版p66）。

しかし、言い間違いではない。これは父親の本当の心なのだ。

④シャイロックと息子は気が合わないらしい、という科白のようだ。

私に言わせれば、シャイロックは普通の人間、ラーンスロットはシャイロックを裏切ろうとしているのだから、敵対関係にあることは事実である——としか言いようがない。

⑤父親が山鳩料理をバッサーニオに贈っている状況のようだ。

しかし、私は貴方に「bestow（授ける、下賜《かし》する）」、と記されている。父親は山鳩料理を下賜したのだ。身分の上の人が、下位の人間に下されたのである——という文意なのだ。

言い間違いなのだろうか？　しかし、私は父親の無念《くやしさ》を感じる。父親は、この心のこもった山鳩の一皿をシャイロック旦那に食べてもらいたかったのだ。それをヴェニスの商人の手下《てした》であるバッサーニオが食うことになった。

あのやさしいシャイロックの旦那に食べてもらいたかったのだ。山鳩料理は取り上げられたのじゃない、俺様が下《くだ》し与《あた》えたのだ——と自分に言い聞かせているのだ。

しかし、発想の転換を必要とするほど父親は悲しかったのだ。この父親の苦悩を知っているからこそ、シェイクスピアは「下賜」という言葉をここに持ってきたのだ。言い間違いではない。シェイクスピアにして初めて書ける科白である。

⑥は科白が完結している。それがお願いの「ディフェクト」です、という感じ。

「ディフェクト」は「エフェクト（effect）」（要点）のこっけいな誤用（マラプロピィズミ）だそうだ（研究社版脚注p66）。

「ディフェクト」は「欠乏、不足、欠点、弱点、きず」という単語。分かりやすく言えば「欠点」、「良くないところ」である。「まさに、欠点だらけでございます」ということだ。父親は息子の転職の希望を、「間違っている」と言い切っているのだ。

この科白は語尾を「……」と濁していない。言葉を濁していない。田舎者の融通のきかない父親が、「あのシャイロックの旦那の所から悪党の手下の所に転職することは、間違いそのものでございます」と断言しているところなのだ。

なぜ、皆は誤用、または話をおもしろくするための誤用と言うのだろう。私には理解できない。

仮に「言い間違い」であると仮定しよう。皆さんはご存じでしょう。「言い間違い」こそ「真実」であることを。

有名な言い間違いの実例を記しておこう。

あるヨーロッパの衆議院の議長が、議会において開会宣言をするのに「ここに閉会を宣言します」と言ってしまったのだそうだ。この議長は、議会の形勢が思わしくないので、できることならすぐ閉会してしまいたいと思っていた、とのこと。

右の事件は新潮文庫『精神分析入門（上）』（フロイト著、高橋義孝・下坂幸三訳、p38〜40）に記載されているものである。


ラーンスロットの父親の科白を要約すると次のようになる。

「このあわれな息子の奴は、シャイロック旦那のところをずらかって、バッサーニオ旦那の下で働きたいという悪い考えに感染してしまっております。あのシャイロック旦那の立派な人格とこの感染野郎じゃ、しっくりいかないのでござんしょうか？……この山鳩料理は私としてはシャイロックの旦那に食べていただきたいのですが、息子の奴がお前さんにやれと言うので……残念至極でありますが、盗っ人にくれてやったと自分に言い聞かせましょう。それにしても、シャイロック旦那を裏切るなんて許されることではありません」

だから父親は「ぜひ、お前さんの下で働かせて下さい」とは全く言わなかった。息子を三回、「知らない」と言い、そして祈ることを拒否したこの父親、親子の情よりもこの世には大事なものがあることを主張し続けたこの人格を知らなければならない。

ただ、私には一つだけ気にかかることがある。父親は息子を三回、「知らない」と拒絶した。イエス・キリストを三回、「知らない」と拒否したペトロは、その後、改心して、イエスの名を公然と言う、強く正しい人間になったようである。ペトロはヨハネと一緒にイエス・キリストの復活を人々に伝えた。そして二人は役人たちから牢《ろう》に入れられた。しかしペトロは「あなたがたが十字架につけて殺し、神が死者の中から復活させられたあのナザレの人、イエス・キリストの名」を語り続けたようである（『新約聖書』「使徒言行録」四―一～一〇）。

ロンドンっ子はペトロの改心を知り尽くしている。毎週、教会で聴いているのだ。だとすれば、ロンドンっ子は、「このラーンスロットの野郎も、もしかすると改心するかもしれないぜ……」と早合点するのじゃなかろうか？　と。

ロンドンっ子同様、私も気にかかる。なにしろ三回の「知らない」は、堕落《だらく》と改心の同義語みたいなものなのだ。堕落についてのみパロディーとして使用するのは、一流作家にしてはお粗末である。

実際、シェイクスピアは、最終幕でラーンスロットの改心した姿を垣間見せてくれる。

第5章 指輪と猿の物語 ジェシカ論

シャイロックの娘ジェシカが我々の前に姿を現すとき、ジェシカはすでにロレンゾと恋仲になっている。このジェシカとロレンゾが手に手を取って、シャイロックの金銀財宝を盗み出して駆け落ちする。

ラーンスロットが「転職すべきや、いなや？」とハムレットみたいに思い迷う場面から、ジェシカが駆け落ちの後、家から持ち出した指輪を猿と交換する場面（この場面は、シャイロックの金主すなわち出資者であるテュバルによって語られる事実）までが、『ヴェニスの商人』において最も読みごたえのある部分、シェイクスピアの天才をもってしか表現されえなかった部分である。

シェイクスピアは人間や人間社会を直視して、その真実を一つの言葉で、或いは数行の科白で我々の前に見せてくれる。特にシャイロックの心の動き、その悲しみ、そして人間としての質の高さを見せつけてくれる。

ラーンスロットは、ジェシカの父親はシャイロックではなくキリスト教徒である、と言う。

二人の会話が終わった後、ジェシカは独白する。

「さようなら、ラーンスロット。あゝあ、なんて私は罪深い女なんだろう、お父様の子であることを恥じるなんて？　でも、私、血の繋《つな》がりでこそお父様の娘だけど、あの気質だけは受けてないつもりだわ。ああ、ロレンゾさま、あなたさえ約束を守ってくださるなら、この苦しみは断ち切って、キリスト教徒になって見せるわ、そしてあなたのいい奥様にも」（二―三―一四）

ジェシカは「シャイロックの子供である、しかし、気質は異なる」と言う。気質が異なるという事実は、父子関係の存在というたてまえと反するものである。父子関係はたてまえ、気質の差異の存在は事実なのである。

ラーンスロットが、ジェシカはシャイロックの子ではないと言い、ジェシカが右のように、もってまわったような科白を吐いたのだ。もう親子関係の存否に眼をつぶるわけにはいかない。

この親子関係に関する科白は、ここだけではない。しつこく繰り返されているので列記しておこう。

第三幕第五場の冒頭において、ラーンスロットは父親の問題を蒸し返している。

ラーンスロットはジェシカに対し、「お前さん、どうせ地獄落ちゃァ決ってる」と言い、一つだけ地獄に行かない望みがある、それは「隠し子みてえな望み」だというのだ。随分と変な話である。英文では「bastard hope」、まさに隠し子の望みとしか訳しようのないもの。

ジェシカは、どういう意味かと聞き返す。

ラーンスロットは言う。

「お前さんてのは、どうやらお父《とっ》つァんの仕込んだ子じゃねえかもしれん、つまりいやァ、ジュウのお娘《むす》じゃねえかもしんねえって望みだよな」

さらに「お前さんはな、お父つァんの方からとお母《つかあ》の方からと、二重に地獄落ちかもしんねえだぞ。前門の狼、つまり、お父つァんを避《よ》けりゃ、たちまち後門の虎、お母にとっつかまるって具合でな……」。

ラーンスロットの言っているのは、次のようなことである。

ジェシカの父親がシャイロックだとすれば、シャイロックはキリスト教徒じゃないから、その子供は天国に行けるはずはない。一つの可能性として、シャイロックの子でなくキリスト教徒の子なら天国に行けるだろう。

しかし、キリスト教徒の子供だということは、母親が不倫を犯してできた子ということになる。不倫は罪である、その罪を犯した母の子は、やはり天国に行けるはずはない。ジェシカはどっちにしても天国には行けず、地獄に落ちることになってしまう——というのである。

さらに、サレーリオはシャイロックに対し言っている（三—一—三二）。

「貴様の肉と彼女の肉とじゃ、ちがいは黒玉《くろだま》と象牙《ぞうげ》以上、血からいっても、赤葡萄酒と白葡萄酒と、いや、それ以上だ」と明白に親子関係を否定している。

グラシアーノも言っている（二―六―五二）。

「この僧帽《ずきん》にかけていうが、やさしい娘、ジュウじゃない」

いずれにせよ、ジェシカの父はシャイロックではないと、ラーンスロット、グラシアーノ、サレーリオが明白に述べていることを直視しなければならない。

なぜ、『ヴェニスの商人』の研究者たちがこの点を検討しないのか、私には理解できない。シェイクスピアの作品を読むということは、全ての科白が生命をもって燃え上がるように見つめることである。『ハムレット』や『ロミオとジュリエット』を読んだことのない人に、『ヴェニスの商人』を読めという注文は、してはいけないことなのか？

ジェシカのシャイロックに対する最後の科白。

気の進まない夕食に招待されたシャイロックは、バッサーニオ邸に向かう。この背中に向かってジェシカは言う。「往《い》ってらっしゃい。これで、邪魔さえ入らなければ」の後、

「あたしはお父様を、そしてお父様は娘を、なくすってわけね」

研究社版は、

「わたしはお父さまを、お父さまは娘を失うのよね」

英文は、

I have a father, you a daughter, lost.

英文は三つに分かれている。すなわち、「lost」（失う）は最後にあるので、この「Lost」は「私」にも「父」にも掛かるとも見えなくはないから、岩波版訳、研究社版訳も当然にありえよう。

しかし英文は次のようになっているのだ。シェイクスピア死亡後の一六二三年、シェイクスピアの友人たちの協力で出版されたＦ１（第１二つ折本）『ヴェニスの商人』では、

I have a father, you a daughter lost.

なのだ。「lost」の前に「句読点」はないのだ。

だから、この文章は、「私（ジェシカ）は父をもっている」、「私は父を手に入れます」、または「私は父のもとにまいります」と訳すことが可能なのだ。そして「貴方（シャイロック）は娘を失った」となる。

要は、「ジェシカは父を取る。シャイロックはジェシカを失った」という科白なのだ。ジェシカの父は元々、シャイロックではないのだ!!

シェイクスピア作品の英文テキストは一種類とは限らない。しかし私は、Ｆ１が最も信頼性が高いと確信している。具体的理由を三つだけ述べておこう。

(1)『ハムレット』における「北北西の風」の謎かけ謎解きは、F1でないと解けない。
(2)『リア王』は、F1とそれ以前の出版本との間に差異が最も大きいものである。しかし、F1の脚本は、それ以前のものと見違えるほど緊迫感に満ちている。そして無駄がない。
(3) シェイクスピアは、死亡する前の何年間は故郷のストラトフォードに帰住していた。彼はこの時期に自分の作品の印刷物を読み返し、誤りを訂正したり、或いは添削したりしたに違いない。だから、友人たちが全集を出版してくれたのであろう。

よって、『ヴェニスの商人』に関しても、私は何のためらいもなくF1を採用する。

さて、ジェシカは金品を身につけて、住み慣れた家を後にしたわけであるが、一体どれだけの金品を持ち出したのだろうか？

①ソレイニオの話によれば（二－八－一五）、シャイロックが次の物が盗まれたとわめいていた。

・封印つきの金袋二個（特大の金貨が入っている）
・宝石が二つ（高い金目《かねめ》の立派な奴）

②シャイロックの科白（三－一－六五）

・ダイヤモンドの指輪（フランクフルトで二千ダカットで買った物。指輪だけで二千ダカットと

言っているから、ダイヤの指輪であろう）
・その他の宝石類（これがまた大変だ、というが、具体的な価格は分からない）
以上の①②を総合すれば、「金貨二袋、二千ダカット相当のダイヤの指輪一つ、それに高価な宝石類数個」ということになる。

しかし、シャイロックは忘れていたのかもしれないが（？）、とんでもない物が、もう一つ盗まれていたのだ。通常なら第一番目に気が付かねばならないものが！

シャイロックの金主（出資者）であるテュバルは、シャイロックの依頼でジェシカとロレンゾを捜しに出かけていた。ヴェニスに戻って次のようにシャイロックに報告している（三－一－八三）。
(1)　お嬢さんはジェノアで、一晩に八十ダカット使ったっていうぜ。
(2)　ヴェニスへの帰り途、アントーニオの債権者という連中と一緒になったが……そのうちの一人から指輪を見せられたんだがね、なんでもお嬢さんから猿一匹の礼金にもらったって話だった。
シャイロックは言う。

「ええい、畜生《ちくしょう》！　なんて我慢のならん話をしてくれるんだ、テュバル。それは俺《わし》のトルコ玉だ。まだ独り者だった時分に、あのリアからもらったものだが……」

「リア」という女性は、シャイロックの妻、ジェシカの母である。すなわち、結婚前に妻が夫にプレゼントしていたトルコ玉の指輪も盗み出されていたのである。

盗まれた物のうちで、このトルコ玉の指輪が唯一、その具体的な姿を現す物なのである。シェイクスピアは何らかの劇的効果をねらって、この指輪事件を我々に見せつけているのではないだろうか？　私はそう思う。

しかし、皆さんは、ろくに英語も読めない人間が「そう思う」と言っても全く信用しないだろう。そこで、窮余の策として、ドストエフスキーの力を借りることにしよう。

ドストエフスキーの『罪と罰』の中に、主人公のラスコーリニコフが、金貸しの老婆のところへ時計を入質《にゅうしち》する場面がある。一カ月と三日前には指輪を入質して二ルーブリ借りている。この日は二度目だ。彼は老婆に言う。

「四ルーブリほど貸してくださいよ、流しません、親父のですから。もうじき金がはいります」（新潮文庫『罪と罰』上、工藤精一郎訳、p13）

この時計について、後日主人公は友人のラズミーヒンに次のように述べている。

「……この銀時計は、三文の値打ちもないが、父の死後のこされたたった一つの品なんだ。ぼくは笑われてもかまわんが、母がでてきた」……「そしてもし母が」……「この時計のなくなったことを知ったら、それこそ、どれほど落胆するか！　女だもの！」（同p439以下）

私は、ラスコーリニコフが銀時計に対しどのような感情を持っていたか述べるつもりはない。ただ、思い出のある品物、形見のような物は、一般人は大事にするものらしい。ドストエフスキーはそのような常識を持っていたのではなかろうかと推察できるだけである。

それでも、「ジェシカが持ち出した指輪の処分など何の意味もない。些細なことよ。人間の魂の奥を知り尽くしたシェイクスピアは、猿と交換した指輪のことなど気にしない。大文豪はそんな小さなことは気にしない」と言う人がいたとすれば、何をか言わんやである。

しかし、本当はドストエフスキーの力を借りる必要は全くなかったのだ。『ヴェニスの商人』の中でも、二つの指輪が大問題になっているではないか！

ポーシアが婚約者バッサーニオに贈った指輪、そしてポーシアの侍女ネリッサが婚約者グラシアーノに贈った指輪。この指輪を二人の婚約者が誰かにプレゼントしたのではないか？という大問題が発生している。しかし、その誤解もとけて、めでたし、めでたしの結末を迎えたのではなかったか？　妻からもらった指輪の重大性が高らかに歌い上げられているではないか！

この劇の最後は、グラシアーノの次の科白である。シェイクスピアは念には念を入れたようだ。妻が夫にプレゼントした指輪はこの世で一番大事なもの、という科白でこの物語を終わらせているのだ。

「これからの一生、ほかにそう心配はなさそうだが、さて、このネリッサの指輪、無事に守れるか、それだけがただ心配さ」

ジェシカが猿と交換した指輪は、シャイロックが「独り者だった時分に、あのリアからもらったもの」である。この大事なはずの指輪を猿と交換したのだ！　なぜだ？　とシェイクスピアはロンドンっ子に問いかけているのではないか？　謎をかけられたら五分間ぐらい考えてみるのが、シェイクスピアに対する最低限の礼儀ではないのか。

もしかすると、ジェシカは猿好きの女性だったのかもしれないぞ！　道で猿を抱いている人を見て、急に欲しくなったに違いない、きっとそうに違いない、ただそれだけのこと、と人々は言うのだろうか？

しかし、それなら、お金を出して買えばいいのではないか。金貨はたっぷり持っていただろう。一ダカットで猿の百匹ぐらいは買えるのではないか！

『ヴェニスの商人』の解説書の中で、この指輪と猿の交換事件は徹底的に論じられているはずである。もしこの点について論じていない解説があるとすれば、『ヴェニスの商人』の解説としてはお粗末すぎるだろう。

『ヴェニスの商人』においては、婚約指輪は命以上に、少なくとも命と同じぐらい大事なのだ、とシェイクスピアは言っているのだ。一方では猿と交換？　この不思議さを感じない人は、芸術、そして人間を語る資格はない。

そうは言っても、一体全体、何をシェイクスピアは語っているのだろうか？ 本来から言えば、リアからシャイロックに贈ったものだから、ジェシカとしては盗み出すべきではなかったのではなかろうか？ 盗み出す権利はなさそうに見える。いろいろなものを盗んだので、その中に混入していただけなのだ、と主張する人もいるだろう。でも、そうであるならば、何も触れる必要はない。わざわざ猿と交換という異様なエピソードを登場させる必要はない。シェイクスピアは何か重大なことを我々に、そして四百年前のロンドンっ子に語りかけているのだ。

また、先述したように、シャイロックとしても開口一番、「あのリアからもらった宝物の指輪まで、かっさらっていきやがった！」と叫びそうにも思える。

シャイロックはテュバルに言われて初めて、この指輪の盗難に気付いている。勿論、「ええい畜生！ なんて我慢のならん話をしてくれるんだ……」と立腹はしてみせるが、大いに気にかかるところである。まして、シャイロックは「フランクフルトで買った二千ダカットのダイヤの指輪」がなくなったことには気付いているのだ（三―一―六五）。他の指輪の盗難について、シェイクスピアはわざわざ言及しているのだ。

例えば、貴方が空巣泥棒に入られたとしよう。印鑑が盗まれていたとしよう。「おー、こりゃ大変、象牙で作った印鑑がなくなってるぜ！　就職祝いに親父に作ってもらったあの印鑑が！　二十万円もしたのだ！」と叫んだとしよう。貴方はそれと同時に、実印はどうだろうか？　銀行印はなくなっていないだろうか？　と、必ず他の印鑑について想いめぐらすはずである。百人のうちの百人が想いめぐらすはずである。

シェイクスピアは右のことを言っているのだ。フランクフルトで買った「指輪」をシャイロックは盗まれたと騒いでいるのですよ！　だとすれば、あの婚約「指輪」についてなぜ確認しなかったでしょうかね？　と問いかけているのだ！　だから私は変だと思うのだ。変だと思うようにシェイクスピアが仕掛けてくるので、やむ得ないのだ。人間の心を知りつくした彼が、これでもか、これでもか！　と我々に疑問を投げつけ続けるのだ。逃げるわけにはいかない。うっかりで済ますわけにはいかない。

フランクフルトで買ったダイヤの指輪などは、この物語にあっても無くてもいいのだ。それを、わざわざシェイクスピアは語ったのだ。「うっかり読みませんでした、は許さぬ！　フランクフルトの『指輪』は思い出したが、『婚約指輪』をシャイロックは思い出していないのだぞ！」と彼は叫んでいるのだ。

ジェシカは母リアがシャイロックに贈った指輪を猿と交換してしまった。この話を聞いたシャイロックは「猿なんぞの千匹や万匹でくれてやれるもんか？」と言っている（三－一－九四）。

よって、「指輪と猿の交換」及び右シャイロックの科白について検討しなければならない。

①婚約指輪

この物語において婚約指輪が大事なものとして位置づけられていることはすでに述べたところであるが、もう少し検討しておこう。

ポーシアから指輪をもらった婚約者のバッサーニオは、次のように約束させられている。

「絶対に売らぬ、やらぬ、失くさぬ」（四－一－四三七）

ポーシアの侍女ネリッサから指輪をもらったグラシアーノは、次のように誓った（五－一－一五三）。

「死ぬまで身につけて、放しはしません、死んだら、一緒に墓の中へ埋めて下さい」

また、この物語の最後の言葉が「指輪」であることは先に述べたところである。

この部分について研究社版（p243）は、「さてと、こりゃ死ぬまで大事に扱わにゃならん、なにより大事なネリッサの指輪、あそこのかわいい円い円い指輪」と訳した上、脚注において「指輪」には裏に女性自身の意味、と記す。

ポーシアはいみじくも言っている。

「……指輪を見せていただくまで、私、どんなことがあっても、あなたのベッドには参りませんから」（五－一－一九〇）

単に記念として大切なものという以上のものなのだ。指輪は女性そのもの、肉体を含めた人格そのものとして表現されているのだ。

リアがシャイロックに贈った指輪。それはリア自身、リアそのものの象徴と理解しなければならない。ところが、ジェシカはリアの指輪、すなわちリアそのものを猿一匹と交換したのだ。

②猿
指輪がリアの人格そのものだと評価した場合、それが猿と交換されたのだ。交換という行為は、同じ価値のものの間でなされるものだ。「リア」は「猿」とイコールである、ということなのだ。言葉の魔術師――言葉の象徴性、連想性の深みを知りつくし、そして、それを多用したシェイクスピアが「リアは猿です」と言っている、と見なければならないのだ。

そこで、猿の意味するものは何だろうかと進まざるを得ない。

『イメージ・シンボル事典』（山下圭一郎他訳、大修館）から略記すれば、猿は「1模倣を表す

２動物の中で一番の踊り手　３意地の悪さ、けちな盗み、狭量を表し、人間のちょっとした卑しい力　４多血質　５好色（『オセロー』を引用）　６追従、偽善　７おせっかい屋　８移り気を表す　９貪欲　10憂うつ　11自惚れ……（以下略）」。

『図説 世界シンボル事典』（ハンス・ビーダーマン著、藤代幸一他訳、八坂書房、p181）によれば（一部のみ抜粋）、

「――キリスト教の図像では、サルは人間のカリカチュアとして、あるいは虚栄心（この場合は鏡を手にしている）、吝嗇《りんしょく》、不貞といった悪徳を象徴する動物として、ネガティヴに扱われている……」

右二つの事典で共通に見られるのは、①あまりいいもののイメージではない、②不貞または好色のイメージである。

『オセロー』を見てみよう。シェイクスピアの四大悲劇の一つ。妻の不貞への疑惑が劇を動かす。

『オセロー』という物語は、将軍オセローが、美しくそして貞淑な妻デスデモーナの不貞を疑い、ついに、その妻を殺害し、自らも自殺するという内容。イヤゴーという恐るべき言葉の魔術師（人間の心の闇を知りつくした小悪魔）の手玉に取られて、オセローは闇――嫉妬の無限地獄――へと落ちていく、そして死へ。

第三幕第三場四〇七行（『オセロー』大場建治編注・訳、研究社、p181）、

――あの二人が山羊みたいに燃えたって、猿みたいに張り切って――

「猿みたいに」は「不貞な女の好色ぶり」をイヤゴーが表現しているところ（勿論、事実ではなく、イヤゴーの作り話）。

第四幕第一場二五一行（大修館版では二六六行）、

「山羊め、猿め」

オセローは妻の不貞を確信している様子。この科白の直前、オセローは貞淑な妻デスデモーナを「悪魔！」とののしりながら殴打《おうだ》している（三二六行。大修館版では二四三行）。

「山羊め、猿め」は、不貞の妻に対するののしりの言葉であろう。それ以外を意味する言葉ではあり得ない。

猿を不貞または好色を意味するものとしてシェイクスピアは使用した、と断定していいのだろう。再確認のためその理由を列記しておこう。
(1)　猿は不貞または好色のイメージを持ち得る。
(2)　『オセロー』において、シェイクスピアは猿を不貞または好色を意味する言葉として使用している。
(3)　ジェシカはシャイロックの子供ではない、という科白が少なくとも三カ所存在する。

(4) ジェシカは、シャイロックの背に向かって「私は父のところに行く。シャイロックは娘(ジェシカ)を失う」と理解されかねない、意味深長な科白を吐いている。このように理解されることをシェイクスピアは全く阻止しようとしていない。

(5) シャイロックは、リアからもらった指輪の紛失を金主のテュバルから指摘されるまで全く無視していた。リアに対する否定的感情を抜きにしては考えられない現象。よって、ジェシカはリアと某キリスト教徒との間の子供である、と断定せざるを得ない。このように理解しない限り、全ての科白が死んでしまう。

③「猿なんぞの千匹や万匹」という科白の意味

ジェシカが指輪を猿と交換したということをテュバルから知らされたとき、シャイロックは次のように言う。

「それは俺《わし》のトルコ玉だ。まだ独り者だった時分に、あのリアからもらったものだが、猿なんぞの千匹や万匹でくれてやれるもんか?」(三―一―九三)

右科白の後半部分の研究社版訳(p125)は次のとおり。

「猿など枯野を埋め尽すほどもらっても手放せるものか」

なお、脚注において、「a wilderness of」について、「イメージがみごとである」と記す。どのような意味で「みごと」なのかという説明はないが。

英文は左記のとおり。

I would not have given it for a wilderness of monkeys.

右二つの訳文はどちらも、猿をどんなにたくさんもらったとしても、この指輪は手放したくない、という意味においては同じ類型に属するものである。

「wilderness」は『岩波新英和辞典』によれば「原野。自然のままにしてある所。果てしないひろがり。荒涼としたところ。雑然とした集り」。なお、「a voice in the wilderness」は「荒野に呼ばわる者の声、世にいれられない道徳家の声」(「マタイ伝」三―三)と記す。

現在の英文の『新約聖書』では「The wilderness」を「The desert」と表記するものもある。しかし、シェイクスピアが読んだだろう英文の聖書『The Geneva Bible』(一五六〇年発行)によれば「The wilderness」となっている。

原野または荒野。私には数量の多さを表現するのにピッタリという感じが伝わってこない。荒涼とした広い野原、まさに荒野のイメージこそピッタリの感じである。

キリスト教徒にとっては、この「荒野」という言葉は普通名詞の枠を超えた、固有名詞みたいなものではないだろうか。

この科白はシェイクスピアが、真相を隠しながら、実はぜひとも知ってもらいたい真相を明白にするときに使用する、あの逆転の手法によって表現されているのではなかろうか？

直訳すれば、

「この指輪（リア）は、猿の荒野と交換したくない」

となるが、逆転させると、すなわち、「猿」を「荒野」へ、「荒野」を「猿」へ、そして、「交換したくない」を「交換すべきである」または「交換したい」へ変換してみよう。

「リアは荒野の猿であるべきだ」

または、

「リアは荒野の猿となら交換していい」

右の訳文が、まさにシェイクスピアが言わんとしていることなのだ。

私は、荒野いっぱいに群をなしている猿を連想することができない。何だか気持ちが悪くなるような、いや、想像を超える絵になってしまう。それに反して、「荒野の猿」であればピッタリと理解できる。

先に述べたように、「猿」は「不貞の女」を意味する。「リアは不貞の女として荒野に居なければならない」とシャイロックは言っているのだ。何とすばらしい魂の持ち主であろうか！

シェイクスピアはシャイロックを通常人を超えた人格として描き出しているのだ。通常人は、「石の猿」という言葉を吐くに違いない。オセローがそうであったように。

「マタイによる福音書」三―一〜三行は次のとおり（日本聖書協会発行『聖書　新共同訳――旧約聖書続編つき』による）。

そのころ、洗礼者ヨハネが現れて、ユダヤの荒れ野で宣《の》べ伝え、「悔い改めよ。天の国は近づいた」と言った。これは預言者イザヤによってこう言われている人である。
「荒れ野で叫ぶ者の声がする。
『主の道を整え、
その道筋をまっすぐにせよ』」

このあと、「人々がヨハネのもとに来て、罪を告白し、ヨルダン川で彼から洗礼を受けた」。この荒野で叫ぶ声は「悔い改めよ」、「天国は近い」という二つのことを述べているようである。イエスが人類（全人類という意味に解すると、他の宗教を信じている人々を無視することになる。よって、ここで言う人類とはキリスト教徒と読み替えてもらいたい）の前に姿を現す直前の状況である。人々はこの呼びかけに応じて、「ヨハネのもとに来て、罪を告白し、ヨルダン川で彼から洗礼を受けた」のである。

グローブ座でこの劇を聴く人々の中には、字の読めない人も居たかもしれない。しかし、イエス出現直前の荒野の叫びは、幼い頃から教会でいつも聞かされていたに違いない。「荒野」とは、単なる荒れ果てた野原ではない。「悔い改めよ」、「天国は近い」、すなわち「悔い改めるときが来た」ということと同意義なのである。

シャイロックは、「リアは荒野の猿となら交換していい」と言った。それは、「リアよ！　悔い改めなさい。そうすれば貴女も救われるだろう」と言っているのである。なんと高貴な魂であることか！

さて『オセロー』において、オセローは不貞の妻（実際は貞淑な妻であるが）を殺害することを決意したとき、次のように述べている。

「――もう生かしてはおけんからなあ。生かしてはおけん。私の心は石になった。胸を叩けば手の方が痛む――」

殺意の生じた心を「私の心は石になった」と表現している。冷たく固い決意を意味するものかもしれないが、私としては、むしろ聖書のあの一節を念頭に置いて、シェイクスピアは書いたように感じられる。

「ヨハネによる福音書」（八―一一～一二）、ただし略記。

――律法学者たちやファリサイ派の人々が、姦通の現場で捕らえられた女を連れて来て、イエスに対し、「こういう女は石で打ち殺せと、モーセは命じています。あなたはどう考えますか」と言った。

イエスを試して、訴える口実を得るためであった。イエスはかがみ込み、指で地面に何か書き始められた。彼らがしつこく問い続けるので、イエスは身を起こして言われた。「あなたたちの中で罪を犯したことのない者が、まず、この女に石を投げなさい」。そしてまた、身をかがめて地面に書き続けられた。これを聞いた者は、年長者から始まって、一人また一人と立ち去ってしまい、イエス一人と女が残った。……イエスは言われた。「わたしもあなたを罪に定めない。行きなさい。これからは、もう罪を犯してはならない」


この一節は、一度聞けば忘れられない印象を与える。

不貞の女は石をもって打ち殺されるのだ！　だからこそオセローは、「心は石になった」と言っているのだ。そしてロンドンっ子は、「そうか！」とオセローの心を理解したのだ。

オセローの妻デスデモーナは貞淑そのものである。非難される理由はない。しかし、オセローは殺害した。

リアは他の男と不貞を働き、ジェシカという子供までもうけたのだ。しかるにシャイロックは、「石で打たれる猿（不貞の女）」とは言わなかった。なんと気高い魂であることよ。シャイロックは、妻リアが許されることを祈っているのだ、悔い改めさえすれば。

イエスも女に言ったではないか。「行きなさい。これからは、もう罪を犯してはならない」、すなわち、「悔い改めなさい。そうすれば、貴女の罪は許される」と。

オセローは罪のない妻を殺してしまった。しかし、シャイロックは罪のある妻に「悔い改めなさい」と言った。シェイクスピアがまさに生命《いのち》をかけて書き記したところなのだ。

これだからシェイクスピアは読むに値する。シェイクスピアの魂に肉迫しなければならないのだ。

「指輪と猿」の物語の骨子は右記のとおりであるが、ジェシカの魂、ジェシカの悲しみを知るには不充分なのだ。肝腎なことが抜けている。

そもそも、「なぜ」ジェシカは指輪（母リア）を手放したのか？　ジェシカは母リアを愛していた。愛していたからこそ指輪を盗みだしたのだ。そうであるならば手放してはいけないはずである。

ジェシカは、父はシャイロックではないことを知っていた。そして、それを知った上で、その母を愛していた。ということは、自分の父がシャイロックではないことを容認、是認していたのだ。シャイロックの子供ではないことを苦しんでいなかったのかもしれない。

再度、シャイロックのジェシカに対する最後の科白を引用しよう（二－五－五一）。

バッサーニオの晩餐会に気が進まないながらも出かけるシャイロックは、ジェシカにやさしく語りかけた。

「さ、ジェシカ、もうお入り。多分すぐ戻ってくるからな。言いつけ通り、あとは戸締りを忘れるな。絞《しま》りがよければ、たまりがよい、と――つましい人間には、いつ聞いても悪くない諺《ことわざ》だて」

この科白には泣けてくる。シャイロックは、「すぐに帰って来るからね……ラーンスロットもずらかって、ちょいとさびしくなったが、つつましく、ぜいたくせずに生きて行こうよ。な、二人でひっそりとくらそうよ」とジェシカにしんみりと語った。

この背に対し、ジェシカは、

I have a father. ……

「私は父のところに行きます」とさえ訳すことのできる科白を発した。明らかにシャイロックの「二人でひっそりとくらそうよ」という科白を拒否する言葉である。

この時点でジェシカは実の父親に憧れていたのだ。ジェシカは生き生きとしていた。元気溌剌と、金銀財宝をふところにシャイロックの家をあとにしたのだ。母リアをふところに入れて！

だが、このジェシカは、母リアを手放してしまった。「お母さんたら、単なる猿、単なる浮気女じゃないの！　お母さん、わたしキライ!!」と叫んでいるのではないか？

なぜ、このようにジェシカの心は変わったのか？　その理由をシェイクスピアはついに書いていない。述べていないということは、「さて、何が原因でしょうか？　分かるはずですがね」とシェイクスピアは言っているのだ。

皆さんは、ジェシカが絶望したなんてシェイクスピアはどこにも書いていない、と私に問いかけるだろう。しかし、シェイクスピアはジェシカの絶望を明確に述べている。

ロレンゾの関心を買うかのように金銀財宝を身に着け、愛する母リアをふところに抱きしめてシャイロックの家を出た。そして、ロレンゾと二人でゴンドラに乗ってヴェニスに別れを告げた。

しかし、のんびりと海の景色を眺めているゆとりはない。シャイロックが追っ手を差し向けることは予想しなければならない。

ヴェニスの港を出て、どこへ向かったのか？　その途中の航路は必ずしも明らかでない。しかし、最終の目的地は、世紀の大富豪にして世紀の美女ポーシアが君臨するベルモントであった。

ベルモントに到着する前にジェノアに上陸していることは間違いない。ヴェニスからジェノアまでは数百キロ以上の距離であろう。ゴンドラで行ける距離ではない。途中でバッサーニオの船に乗ったのか？　いずれにせよ、ジェシカとロレンゾはポーシア邸に一緒にやって来ている。

ジェノアでジェシカは一晩に八十ダカットも使った（三―一―八三）。どれだけお金を使おうと、この物語に関係なさそうにみえる。

三千ダカットという金額は、人間の命にかかわるほどの金額である。八十ダカットは、おそらく現代の感覚でいえば百万円は下らないであろう。一晩に貴方は百万円を使うことができるだろうか？　百人のうち九十九人はできないだろう。

せっかく持ち出したお金である。しかも、恋人ロレンゾは金に関心がありそうだ。なぜ、こんなこと、「一晩に八十ダカット」とシェイクスピアは書いたのか？

皆さんは、ジェシカが金をどう使おうが関係ないと言い切れるだろうか？　文学研究者たちは、ジェシカがいくら金を浪費したかなど人間の魂とは関係ない、シェイクスピアは万《よろず》の心を知る天才であるぞ！　人間の魂を見抜いた作家であるぞ！　金なんか汚いものよ、とでも言うのだろうか。

一晩に八十ダカットを消費するということは、人間の魂とは関係のないことだろうか？

ジェシカが一晩に八十ダカットを浪費したと聞かされて、貴方は何も感じないか？　単に異常な浪費なら、さまざまな理由づけもあるだろう。しかし、異常な浪費に続いて、母リアの指輪を猿と交換したのだ。異常な浪費、そして愛する母を「お母さんって、単なる不貞の妻だったのよ！」と言って捨てたのである。

私はジェシカの心に深い絶望があったとしか感じることができない。

ジェシカは母リアを愛していた。それゆえ母リアを胸にいだいて家を出たのだ。しかしジェノアで、ジェシカは絶望したのだ。ジェシカは実の父親の魂の貧困、いや冷酷さ、貪欲等々を知ったのであろう。しかし、もう後戻りはできない。

ジェシカは恋に目がくらみ、ルンルン気分で家出駆け落ちをしたものの、その間違いに気付いたのであろう。自分の駆け落ちも、考えてみれば共同謀議の集団窃盗事件に利用されたこと、ラーンスロットがシャイロックのもとからずらかったのも、集団窃盗の準備であったことを知ったのである。いや、この集団窃盗は単なる小事件であり、さらに大きな犯罪が計画されていることを知ってしまったのである。そして、自分の実の父親こそ全ての悪の計画の中心人物であること、ジェシカの恋すらも窃盗のための道具として利用されたことに気付いたのである。

ユダヤ人でありシャイロックの金主（出資者）であるテュバルが言ったことを思い起こして

もらいたい（三ー一ー七五以下）。

(1) ジェノアで聞いた話だが、アントーニオの船が一艘難破した。

(2) (1)の情報はこの難破船から助かった船員どもから聞いたことである。

(3) ジェシカはジェノアで一晩に八十ダカット使ったらしい。

(4) ヴェニスへの帰り道、アントーニオの債権者たち（複数）と一緒になったが、彼らはアントーニオの破産は間違いない、と言っていた。

(5) 右の債権者の一人が、ジェシカが持っていたリアの指輪を猿と交換した。

テュバルは、難破船から命からがら逃げ出した複数の船員たち、そしてさらにアントーニオの債権者たちから、難破そして破産の話を聞いたのだ。

複数の人間がテュバルに会って嘘を言う確率はゼロであろう。船に乗っていたと自称する船員、債権者と名乗る人間が、天から降ってくることはない。きっと口八丁の嘘つきのグラシアーノを総大将とする情報操作係が、誰かを雇って偽者に仕立て上げたとしか考えられない。偽の船員、偽の債権者を演ずる多数の人間を雇わなければならない。赤の他人を雇い入れたのである。自分に何の関係もないことで、何だかウサンくさい偽者となり、そして、まことしやかな作り話をする……。私がもしそんな得体の知れない役廻りを演じるように頼まれたら、相当の謝礼を要求する。五千円や一万円で、そんなあぶない橋は渡らない。最低十万円以上は要求する。

そのために、ジェシカが盗んで恋人ロレンゾに渡した現金の内から八十ダカットという大金が、おそらく情報操作の責任者のグラシアーノに渡され、グラシアーノが偽者たちに支払ったのであろう。このような大仕事はグラシアーノにしかできない。

そして、ジェシカは父アントーニオの野望を知ったのだ。だから絶望したのである。でも今更、シャイロックの元へは帰れない。絶望以外はあり得ない。

家出をするまでのジェシカは生き生きとしていた。心が軽やかに舞っていた。しかしポーシア邸にたどりついたときのジェシカは、美しい音楽を聴くと「決《きま》って悲しくなる」（五―一―六九）ような心になってしまっている。かつての軽やかさはない。美しいものを見る力さえなくなったのだ。自分のみにくさに耐えきれない心に突き落とされているのだ。

ジェシカは、ヴェニスの商人アントーニオとシャイロックの妻リアの間の子供である。ジェシカはシャイロックの金品を盗み出し、母リアの指輪を持って、父アントーニオの元へ行ったのだ。

しかしジェシカは、アントーニオが恐るべき犯罪集団の大親分であることを知った。そしてアントーニオと母リアに絶望した。母リアは単なる「不貞の女」でしかなかった……。だから猿と交換したのだ。それを聞いたシャイロックは、妻リアに「荒野の猿になりなさい」、「悔いあらためよ！　さすれば許されるであろう……」と呼びかけているのだ。何というシャイロックの気高さよ。

この部分を正確に読まない人は『ヴェニスの商人』を読む気のない人々――文学や芸術、人間世界や……全てに対し全く興味を持たず、言葉遊びと難しい観念的言葉をひけらかすスノッブ（俗物）でしかない。

第6章 グラシアーノの謎の乗船

バッサーニオは借入金の三千ダガットで船一艘を仕立て、そして高価な土産物を積み込み、世紀の美女、世紀の大富豪ポーシアの住むベルモントめざして、求婚の旅へと出発することになる。この土産物が見事であったことは、ポーシアの召使いの次の言葉で立証される。

「主人の来着の、その先触《さきぶ》れに参ったとやら申しまして、なおこれも主人からの鄭重な言葉の外に、いうなれば有形《ゆうけい》の挨拶、大変高価な土産物まで……」(二-九-八九)

世紀の求婚なのである。手ぶらで、一人で、いきなり訪問してはいけない。まず召使いが高価な土産物を携えて、主人たるバッサーニオが求婚のために参上いたします、と鄭重な口上を述べているのだ。

バッサーニオだけではない。最初の求婚者であるモロッコ王も、召使いが先発して王の到着の前触れの挨拶をしている(一-二-一九四)。

さらには箱選びのくじ引きに際しては、

①どの箱を選んだかを他言しないこと。
②箱選びに失敗した場合、今後二度と処女に対して結婚の申し込みはしないこと。
③失敗した場合、直ちに退去すること。
の三条件を誓約しなければならない（二―九―九）。

しかも、バッサーニオの場合は、借金三千ダカットの返済が三カ月以内に間に合わなかったときは、アントーニオの胸の肉一ポンドが切り取られるのだ。その結果、アントーニオは死亡するに違いない。

もし箱選びに失敗すれば、三千ダカットが無駄になるだけではすまないのだ。最悪の場合はアントーニオの死、そしてバッサーニオの今後の人生はなくなるであろう。ルンルン気分の求婚の旅立ちではない。人生を賭けた、オール・オア・ナッシングの旅立ちなのである。

このようなとき、貴方ならどうするだろうか？

当然、召使いが必要である。しかし、召使い以外に誰かを同行する気になるだろうか。もし、人格・識見の整った名門出身の大富豪、或いは国王とか公爵といった名門出身の知人でもあれば、同行を願うことだってあるかもしれない。

しかし、貴方はそうはしないだろう。男一匹、自分の人生を箱選びに賭けるのだ。他人の威光を借りるかのように後見役の同行を希望したりはしないだろう。後見人の付添いで求婚の旅に出るような人間には、ポーシアは箱選びさえ拒否するかもしれない……。

命がけの勝負！　一人で乗り込んでこそ運命の女神はほほえんでくれる、と感じないだろうか。自分が憧れている世紀の美女との見合いの席へ、自分が気に入らない人物の同行を許すだろうか？　絶対に拒否するはずである。

バッサーニオも何人かの召使いを引き連れて華やかに船を仕立て、土産物を満載して出かけたかったはずである。

ところが、どういうわけか、バッサーニオの船に友人のグラシアーノが同乗することになってしまったのだ。グラシアーノはバッサーニオの友人の一人である。このグラシアーノは、バッサーニオの言によればヴェニスで一番の無駄口野郎なのだ。

「グラシアーノの話ときちゃ、とてつもない無駄口ばかりでね、その点じゃ、ヴェニス中第一人者とでもいうか。奴の喋舌《しゃべ》ることで道理といや、四斗俵の籾殻に紛れこんだ、せいぜい小麦二粒ってところだな。まる一日かかってやっと見つかるが、骨折損って奴で」(一―一―一一二)

六〇キロの籾の中に道理は二粒しかない――おしゃべり好きだが真実は全くない、という人物なのだ。

ところが、このグラシアーノが、船出の当日になってバッサーニオの船に乗って行くと言い出し、しかもバッサーニオも承諾してしまうのだ。私には、とんでもない大事件のように思える。ただごとではない！

そのときの状況を見てみよう（二―二―一五八以下）。

バッサーニオが召使いのレオナードに、船に品物を積み込むこと、そして大事なお客（シャイロックを指す）のための夕食の準備があるから早く帰って来い、と命じた直後に、グラシアーノがやって来る。来るやいなや、「君に頼みがあるんだが」と言う。バッサーニオは「ああ、よし、承知だ」と答える。

グラシアーノは「止めちゃ駄目だぜ、俺はぜひ君とベルモントへ行く」と言い出す。

バッサーニオは「そうか、じゃ、仕方がない」と言ったものの、

「だが、いいかね。君は無作法で、乱暴で、物言いがあけすけすぎるよ。まったく君らしい性質なんで、僕らのような友人の眼にこそ、欠点ともなんとも感じられないが、しかし、君を知らん人間の間じゃ、そうだ、多少どうも無作法すぎて見えるからね。だから、なんとか一つ、その浮き浮きした気分を、控え目という冷水で冷《さ》ますようにしてもらいたい。君のその無作法のために、僕自身が行く先々で変な誤解を受け、かんじんの夢まで台なしにならんとも限らん」と言う。

これに対し、グラシアーノは答える。

「いいか、バッサーニオ君、なに大丈夫、僕だってうまく猫くらいはかぶる。物言いも慎むし、

雑言《ぞうごん》なんてのは稀《たま》にしかしない。ポケットには祈禱書を入れ、ひとかど殊勝らしい顔もする。それどころか、食前のお祈りには、ほら、こんな風にね、帽子を眼深にかぶり、溜息をついて、アーメンも言う。礼儀作法はすべて守るよ、祖母《おばあ》さんの御機嫌とり、殊勝な様子ならお手のもの、といったところでね。もしまちがったら、今後もう信用してもらわなくともよい」

長々と両名の科白を引用した理由は、バッサーニオがいかに困惑しているか、そしてグラシアーノのおしゃべりの「いい加減さ」を感じとってもらいたいからだ。

何しろ、前述したようにグラシアーノのおしゃべりには真理または道理が全くないのだ。英文では「Reason」となっている。「Reason」は、理由、動機、原因、理性、道理、良識、正気を意味する言葉である。要は「真実性」が乏しいのだ。分かりやすくひとことで言えば、「嘘つきのおしゃべり人間」の代表みたいな人物なのだ。

もしかすると、私の疑問「なぜ、グラシアーノは乗船したか?」という発想そのものを否定する人もいるかもしれない。きっと、その人は次のように抗議するだろう。

「グラシアーノが『頼みがある』と言ったのに対し、バッサーニオは『よし、承知だ』と返事したではないか。だから、船に乗せてやったまでじゃないか!」と。

しかし、私は右のような発想は不当と考える。

例えば、友人が貴方に「お金を貸してくれ」と言い、貴方が「了解」と返事したとしよう。

ところが友人は「今すぐ一千万円貸してくれ」と言い出した。貴方は一千万円を貸す義務があるだろうか？　仮に二〜三万円であれば、「了解」した手前、貸さねばならぬかもしれない。友人として、それくらいは仕方ない。しかし一千万を貸す義務は全くない。常識、予想に反する申し出を拒否することは、いかに親しい間柄でも当然許されることである。

しかし、バッサーニオは「仕方ない」と直ちに了承してしまっている。なぜだろう？　と疑問を持つようにシェイクスピアは書いているのだ。

命がけの求婚の船出には絶対に同行したくなかった人物の乗船を、バッサーニオは拒否しなかった。最初から「仕方がない」としぶしぶ了承した。

或る人は言うかもしれない。グラシアーノはポーシアの侍女ネリッサと結婚することになったではないか、そのために一緒の船に乗ったのだ、と。しかし、グラシアーノがそのような目的を持っていたという情報はどこにもない。結果的に侍女ネリッサと婚約しただけである。

バッサーニオがグラシアーノの乗船を拒否できなかったのは、この乗船が誰かの命令によるものであることを瞬時に悟ったからであろう。

この嘘つきのおしゃべり人間を船に乗せたのは「誰か？」、そして「その目的は？」が次の問題となる。

グラシアーノの乗船に異常な関心を示す人間が一人だけ存在する。それはアントーニオその人である。

ジェシカが金銀財宝を身にまとい、シャイロックの邸から無事に逃げ出した直後、すなわち、共同謀議による集団窃盗事件が無事終了したとき、アントーニオが現れて言う。

「ちえっ、なんてことだ、グラシアーノ。外の連中はどこだ？　もう九時じゃないか。連中はみんな待ちかねてるぞ。今夜の仮面舞踏《マスク》はやめにした。風向きが変ったからな。そこで、バッサーニオは、これからすぐに船に乗り込む。実際、君を探しに、何人、人を出したことか」（二―六―六二以下）

アントーニオはグラシアーノを捜すために何人もの人を出していたのだ。「バッサーニオの船は出港準備を完了しているのだ。何をぼやぼやしているのだ。急げ！」と叱り飛ばしている感じの科白である。

もし、グラシアーノが自分の意思で船に乗ろうと考えていたのなら、いち早く港に行っていたはずである。また、グラシアーノの乗船がアントーニオにとってどうでもいいことだったら、何人も人を出してグラシアーノを捜させるはずがない。この点からだけでも、グラシアーノの乗船がアントーニオの意向を受けたものであったことが、おのずと判明するのである。この後、アントーニオは船の出発の確認まで行っている。

ジェシカの家出と財宝持ち出しの件について、シャイロックは公爵に調査を依頼したようだ。

公爵に対してアントーニオは、ジェシカたちは「バッサーニオの船には、断じて同船していない」とはっきり証言したようだ（二—八—一〇）。

アントーニオは、ジェシカたちがバッサーニオの船に乗ったかどうかではなく、グラシアーノの乗船を確認するために港に行っていたのだ。ジェシカたちは当然、シャイロックが追っ手を差し向けることを予想していたであろう。だとすればバッサーニオの船に乗る気になれなかっただろう。

おそらく、バッサーニオの船出は町中の噂になっていたことだろう。シャイロックとしても、「もしかすると、ジェシカたちがバッサーニオの船で逃げ出した」と疑ったのだろう。だからこそ公爵にお願いして、バッサーニオの船の調査にかかったのである。

ジェシカと恋人ロレンゾは、シャイロックの裏をかくように、「ゴンドラに乗って」ヴェニスを離れた（二—八—九）。アントーニオは、グラシアーノの乗船を確認までしていたのだ。

おしゃべりで、嘘つき人間、そしてグラシアーノが自分で言っているように「猫くらいはかぶる」（真実をうまく隠す、との意味か）、「ひとかど殊勝らしい顔もする」、「祖母さんの御機嫌とり、殊勝な様子ならお手のもの」（二—二—一七〇以下）、要は他人をだますことに才能豊かな人間なのだ。

随分と変な人間をシェイクスピアは作り出したものだ。そして、この「嘘つきで、だましの名人」をヴェニスから船に乗せて送り出したのである。

この異常な現象に、ロンドンっ子たちは「はてな？」、「もしかすると？」、「ほーう、アントーニオって奴は、口では殊勝なことを言っているが、「仮面舞踏をこれにて終了！」、「グラシアーノ、早く船に乗らぬか、ぼやぼやするな！」と叱りとばす、「船でどこか遠くまで行って、何か良からぬことをやるにちげえねえ」などと話しながら、『ヴェニスの商人』という恐るべき物語を聴いていたであろう。


船の話が出てきたところで、アントーニオの持ち船について検討しよう。

アントーニオの持ち船について、シャイロックは次のように述べている。

「トリポリスへ一艘、西インドへ一艘、それに取引所《リアルトー》での話じゃァ、現在メキシコにも、イギリスにも出しているそうだな」（一－三－一四）

この科白によれば四艘の船を持っているようだ。しかしポーシアは、

「あなたのお船が三艘、商品を満載して、ひょっこり入港して来ましたのよ」（五－一－二七六）と言っている。はっきりとはしないが、三～四艘の持船というところか。

西インド、メキシコ、イギリスへまで行っているということからすれば、地中海の内での貿易ではない。

イタリアはヨーロッパの南部に位置し、地中海に長靴のように突き出た形の国である。ヴェニスは、この長靴の付け根の辺りの、奥まった場所に位置するようだ。外洋から見れば、イタリアの中では一番遠い所に位置している。だから、ヴェニスから外洋に出るためには、長靴のような半島を一廻りしなければならない。外洋から帰ってくる船は、地中海に入ってからも相当に長い船旅が必要となる。

アントーニオは少なくとも三艘の大型船を所有している。地中海を抜けるだけでも長い航路である。ヴェニスからイタリア半島に沿って南下し、シチリア島辺りを周航しなければならない。それからジェノアの沖を通過してさらに西へと進み、やっと大西洋に出ることとなる。

この三艘の船の一艘でも三カ月以内に帰港すれば、三千ダカットの借金ぐらいすぐに返済できたであろう。アントーニオの話によれば、「心配することはない。きっと僕の船が、期限より一月前には帰ってくる」(一―三―一六九)はずであった。

ところが、三艘の船が三艘とも三カ月以内には帰港しなかった。単に帰港しないのなら、何かの手違いがあって、例えば積んで帰る商品、香辛料などの集荷がうまくいかず、一カ月も外国の港で荷待ちを強いられたとか……。しかし、そんなことではないのだ。

三艘ともどこかで難破したらしい、というのだ。その難破の情報を見てみよう。

①サレーリオの科白（二―八―二七）

「僕は昨日《きのう》、あるフランス人と話したんだが、その男の話によると、フランスとイギリスとの間のあの狭い海峡で、荷物を満載したわが国の船が一艘、難破したという話だ」

この時点は、バッサーニオの船がヴェニスを離れた直後のようである。三カ月の期限以前のことである。

しかも、話の内容は某フランス人からの伝え聞きであり、アントーニオの船だかどうかも分からない。しかし、三カ月の期限の来る以前から噂が出ていたのだ。

いずれにせよ、期限以前に、何やら怪しい噂がくすぶりはじめている。

②サレーリオの科白（三―一―二）

「今もって大変な噂だよ、例の貨物を満載したアントーニオの船が、海峡で難破したというあの話ね。場所は確かグドウィンだそうだ。なんでも恐ろしく危険な浅瀬だそうで……もっとも、これは例の『噂』という口軽婆《くちがるばばあ》が、まったくの嘘言《うそ》をつかんという仮定の上での話だがね」

①での漠然とした噂が、相当に具体化してきている。アントーニオの船であり、しかも難破の場所まで出てきている。難破したというグドウィンは、「イギリスの東南端ケント州の東海岸沖、ちょうどテムズ河の河口に近い沙州。航海上の難所とされていた」（岩波版注解p185）。

②では、同じ噂でも①と比べると具体性が出てきている。噂が事実として認識されるようになる経過としても正確である。こんな噂が、その内に確固たる事実として人々の上に君臨することだってあるのだ。

③サレーリオの科白（三―一―二三）

「……お前さん、アントーニオがなにか海で損をしたという話、聞いたかね、聞かないかね？」

サレーリオがシャイロックに話しているところ。①②では、あくまで噂として話していたサレーリオであったが、ここでは「噂」という言葉は出ない。「海で損をした話」を聞いたか？と言っているのだ。「噂」がここでは「事実」に格上げされている。

しかも、サレーリオのこの科白の前には、次の科白があるのだ。

「貴様の肉と彼女（ジェシカを指す）の肉とじゃ、ちがいはまさに黒玉《くろだま》と象牙以上。血からいっても、赤葡萄酒と白葡萄酒と、いや、それ以上だ」

ひとことで言えば、「家出したジェシカは、お前の子供じゃない」と言い切っているのだ。そして、追い打ちをかけるように、「船が難破したんだぞ、今度は三千ダカットの貸金も返っちゃ来ないぞ！」である。シャイロックは追い詰められた。まさに挑発されたのだ。「ジェシカも戻っちゃこない。どうせお前の娘じゃないから、仕方ないがね……その上に、あの三千ダカットも返っちゃこないんだぜ！」と。

サレーリオが自分で考えた科白なのだろうか？ もしかすると、ヴェニスの商人の指示ではなかったのか？ 全く無駄がない。シャイロックの心を突き刺すだろう。

現に、この科白は効き目があった。ついにシャイロックは「復讐」と叫んだ（三―一―五三）。堪忍袋《かんにんぶくろ》の緒《お》が切れたのだ。

④テュバルの科白（三―一―七八）

ユダヤ人テュバルは、シャイロックの金主、出資者みたいなものであろう。シャイロックはテュバルから金を借りて、それを他人に貸し付けて利ざやを稼いでいるのであろう。利率については全く述べられていないから分からないが。

テュバルはシャイロックの依頼で、家出したジェシカを捜しにジェノアまで行って、帰ってきたところのようだ。ヴェニスからジェノア往復は大変な時間を要するのだろうが、劇ではごく短期間で往復した感じである。シェイクスピアの劇は、どれも極めて短日時の間に進展するようだ。時間や場所などは非現実的である。しかし、不自然さは感じない。

テュバルは言う。

「船を一艘やられたって話だ、トリポリスからの帰りに」

サレーリオはアントーニオ側の人間である。それゆえ、その話には虚偽のある余地がある。しかし今度は、シャイロックの貸付金について利害関係を持っているテュバルの話である。テュバルの作り話である可能性は皆無と見ていいだろう。

右の科白を聞いたシャイロックは、

「やれ、有難い、有難い、そりゃ本当だな？　真実《まこと》だな？」

と言う。ここに、③記載のサレーリオの科白に対し「復讐だ」と叫んだときの激情の発露はない。シャイロックは「やはり事実なのだな」と確認した感じである。

テュバルはさらに「その難破船から助かったという船乗りどもから聞いた」と言う。難破船から無事に生還した複数の船乗りからテュバルが直接聞いた情報なのだ。もう疑う余地はない。シャイロックは「有難う、テュバル。吉報だ、吉報だぞ！」と言う。

サレーリオの科白を聞いて、「復讐」の感情が爆発した。その感情は、テュバルの科白を聞くときには、すでに激情というより、心の中で確固なものとして沈潜しているようだ。

さらに、テュバルは言う。

「そういえば、ヴェニスへの帰り途、アントーニオの債権者だという連中と一緒になったが、どうやら彼奴《あいつ》（アントーニオを指す）も破産は免れんらしいな、そう断言していた」

これを聞いたシャイロックは、

「そいつは朗報だ。よし、苛《いじ》めぬいてくれるぞ、苦しめてくれるぞ。いや、まったくもって朗報だ」

と、復讐の機会が確固たるものとなったことに喜びを感じたようだ。

⑤アントーニオの手紙（三―二―三二）
アントーニオはポーシア邸にいるバッサーニオに手紙を出している。この手紙を、バッサーニオがポーシアらの前で読みあげる。

「僕の持船はことごとく難破してしまった。債権者たちは薄情になるし、事態はいよいよ悪い。例のジュウへの証書も期限が切れた……」

アントーニオ自身が、自分の持船が「ことごとく難破してしまった」と自ら認めているのである。恐るべきヴェニスの商人である。よくもまあーぬけぬけと……、感じ入る次第である。

以上①〜⑤が、難破に関する情報である。

持船が全部難破してしまったということだったが、難破は全く事実でないことが後日判明している。裁判も終わり、アントーニオは大儲け、シャイロックは損をしてしまった後に、全船が無事ヴェニスの港に帰ってきたのだ。

誰が書き送った手紙かは分からないが、第五幕第一場（二七六行）において、ポーシアが手紙の内容を披露する。

「……あなたのお船が三艘、商品を満載して、ひょっこり入港して来ましたのよ」

三艘全部が難破したという情報が、ヴェニス、いやイタリア半島全体に満ち溢れ、しかも、アントーニオもその事実を認めていた。だが、全てが終わった途端、全ての船が商品を満載してひょっこり入港したのだ。

三艘のうち一艘がひょっこり入港したというなら、世間の噂という奴はあてにならない――ですまされるが、三艘が全部無事で、裁判が終わった直後、商品を満載して入港する？　偶然のことだろうか？　一艘でも三カ月の期限内に帰港してくれれば、三千ダカットの借金なんかすぐに返せたのだ。しかも、本来なら一カ月ぐらい早く帰港するはずだったのだ。

いずれにせよ、全船難破という情報は虚偽《きょぎ》だったのだ。

アントーニオの手紙とサレーリオの科白は念のために除外しておこう。広い意味でのアントーニオ側の情報操作の可能性があるのだから。

しかし、テュバルのもたらした情報については検討しなければならない。

テュバルが偽の情報を作り出す可能性はない。シェイクスピアは、シャイロックが貸し出した金はテュバルから出ていることを明確に観客に知らせている。もし、アントーニオの船が全て難破すれば、シャイロックも三千ダカットを回収できなくなり、ひいては金主のテュバルも大損する。だからテュバルも必死なのだ。そのテュバルの情報をシャイロックは疑うことができない。

しかも、テュバルのもたらした情報は単なる噂ではないのだ。

(1) 難破船から生きて陸に上がった複数の船乗りからテュバルが直接聞いたことである。

(2) テュバルはジェノアからヴェニスへの帰り道、たまたまアントーニオの債権者という連中と一緒になったが、アントーニオは破産は免れんらしい、と言っていた。

右(1)(2)の情報は、テュバルが頭の中で考えたことではなく、複数の船乗り、そして複数の債権者からテュバルが直接聞いたことなのだ。

利害関係を有するテュバルが、第三者、しかも複数の人から、さらには船乗りとアントーニオの債権者たち、立場の違う第三者から別個に聞かされたのだ。疑えと言われても疑うことができない。

難破船の船乗りは偽者だったのだろう。アントーニオの債権者の連中も偽者だったのだろう。全く無関係の人間が、偶然にもテュバルと道で会って、「アントーニオの船が難破した、俺はその船に乗っていて、命からがら生き帰って来た」という作り話をすることが、この世で発生し得るだろうか？　否である。

しかし、それ以上に不思議なことがあるのだ。なぜ、アントーニオの船は三艘とも予想された入港日に帰ってこなかったのだろうか？　しかも、そろいもそろって、裁判が終わるやいなや商品満載で入港するなどという離れ技が偶然に可能だったのだろうか？

アントーニオはこの離れ技をやってのけたのである。恐るべし。「早々と帰港する必要なし」、「帰港は、その時機を選べ。機の熟するのを待て」という指令を出したに違いない。


難破船の船乗りをよそおう人間、或いはアントーニオの債権者をよそおう人々を作り上げること、そして全船に帰港日を指示する人間が必要になる。

その人はヴェニスにいてはならない。ヴェニスより、はるか大西洋に近い所まで行かねばならない。ひょっこり船が帰港したら全ての計画は無駄になってしまう。

その責任者は、口が上手く、嘘を平気で言うことのできる人間、そして他人をだますことの上手な人でなければならない。

四斗俵の麦の粒のうち真実はせいぜい二粒《ふたつぶ》というような人間（一―一―一一、バッサーニオのグラシアーノに対する評価）、そして、うまく猫をかぶり、殊勝らしい顔もして、祖母《おばあ》さんの御機嫌とり、殊勝な様子ならお手のものといった人間でなければならない。

まさにグラシアーノこそ、嘘の噂をふりまき、偽の船乗りを作り出し、さらには何やらもっともらしい口実を作り出して三艘の船に入港を遅らせるという指示の伝達にとって、なくてはならない人物である。だからグラシアーノをバッサーニオの船に乗せたのだ。ヴェニスから、大西洋の入口に近い所に行かせなければならなかった。このことが分かっていたからこそ、バッサーニオとしてもグラシアーノの乗船を拒むことはできなかったのだ。

アントーニオの人間を見る目は確かである。グラシアーノの人選、まさにヴェニスの商人にして初めて可能な見事な人選であった。

しかし、アントーニオよ、他人任せもいいだろうが、千両役者は千両役者らしく大見栄《おおみえ》を切らなくてもいいのか？　舞台の裏に引っ込んでばかりじゃ、観客の皆さんは満足しないぜ。ジェシカの家出が終了した時点で、共同謀議の集団窃盗事件の終了を確認し、「これにて、今夜の仮面舞踏は終了」と大見得を切ったじゃないか！　大泥棒の頭領として、ちゃんと集団窃盗の終了宣言をしたではないか！

次なる大事件が始まるのだ。出まかせの大嘘つきの、だましの天才グラシーノを乗せた、バッサーニオが仕立てた豪華船が土産物を満載して出港しようとしているのだ。大親分は、一言二言、見栄を切らなきゃ、観客はおさまらないぜ！

勿論、シェイクスピアはサービス精神旺盛である。出港の様子をサレーリオに次のように言わせている（二一八―三五以下）。

「この世に、あんな親切な男ってのはいないもんね。僕はバッサーニオとアントーニオとが別れるのを見てたんだ。バッサーニオは、なるたけ急いで帰って来るというし、アントーニオの方はまた、『そんなに急ぐな』という。『なにも僕のために、かんじんの用を疎《おろそ》かにする必要はない、ゆっくり時機《じき》の熟するのを待つことだ。あのジュウに渡した僕の証文のことなんか、考えることはない、恋で心は一杯なんだから。愉快にやるさ、そして、とにかく何よりもまず、相手の心をとらえること、それから、向うへ行ったら、もっとも君らしいような愛情の表現、それを心がけるんだな』ってね。言いながらも、彼の眼はもう涙で一杯、顔を背《そむ》けたまま、片手をうしろに伸ばし、しっかり、溢れる友情をこめてバッサーニオの手を握りしめた、そして二人は別れた」

『』の部分が、アントーニオの言葉である。なんだか妙に甘ったるく、読む気になれない。

この科白の主は、シャイロックを「復讐！」と叫ばざるを得なくなるように、グサッと刃を突きつけたサレーリオである。シャイロックに面と向かって「ジェシカはお前の娘じゃない。もう帰ってこない。三千ダカットは返ってこない。アントーニオの船は難破したんだ！」という趣旨の科白を突きつけた人間である。このサレーリオが、今度は妙に甘ったるい場景を話し出すのだから、一体何事かと思いたくもなる。

アントーニオの眼は涙で一杯で、まともにバッサーニオの顔を見る気力もないのか、手を自分の体の後ろの方に伸ばして握手していたというのだ。仮面舞踏の終了を宣言し、グラシアーノに対し、「どこをほっつき廻っていたのだ、早く船に乗らんか」と叱りとばしたときの大親分の風格がない。

きっと、この船出の科白を書くときシェイクスピアは、「俺様も、たいした仕掛人だぜ。悪党呼ばわりされるぜ！」としゃべりながら、激しい哄笑《こうしょう》におそわれたに違いない。

アントーニオの検討に入ろう。

バッサーニオが「なるたけ急いで帰って来る」と言ったのに対し、返事をするアントーニオの科白である。説明の便宜のため三つに分けて記載する。

①「そんなに急ぐな」

②「なにも僕のために、かんじんの用を疎かにする必要はない、ゆっくり時機の熟するのを待つことだ」

③「あのジュウに渡した僕の証文のことなんか、考えることはない、恋で心は一杯なんだから。愉快にやるさ、そして、とにかく何よりまず、相手の心をとらえること、それから、向うへ行ったら、もっとも君らしいような愛情の表現、それを心がけるんだな」

アントーニオは、
①で、そんなに急いで帰ってこなくてもいい。
②で、僕のためにかんじんの用を疎かにする必要はない。時機を待て。
③は、借金を心配しなくていい、精一杯ポーシアに対する愛情の表現に心がけよ。
①②の部分の英文を念のために記す（研究社版p102）。

Do not so, Slubber not business for my sake, Bassanio,
But stay the very riping of the time;

直訳すれば、次のようなことでいいのだろうか？

「Do not so（そうするな）」は、バッサーニオが早く帰ると言った科白に対するものだから、「そんなに早く帰ってくるな、僕のために、仕事を疎かにするな」

「しかし、機の熟するそのときまで、とどまっておれ」

全体の感じは「ポーシアへの求婚の大事な旅なのだ、早く帰ってくる必要はない。せいては事を仕損じるからね」ということのように見える。

しかし、そうだと言い切れない点がある。「機が熟するそのときまで、とどまれ」とは一体何だろうか。

この部分には一種の命令口調が感じられる。早く帰ってくるな、機の熟するそのときまでとどまれ、という命令である。アントーニオの、グラシアーノに対する命令なのだ。

アントーニオはまさに、

「俺の船の全ては、早く帰ってくるな！」

「その機が熟する、そのときまでとどまっていろ！」

と言っているのだ。グラシアーノに対し最後の命令を発したのだ。当然、それ以前に内密な打ち合わせはすんでいたであろう。

皆さんは、もしかすると、「確かに、そう言われればそうかもしれない。しかし、バッサーニオに対し、失敗の許されない求婚なのだから慎重の上にも慎重に、せいては事を仕損じるぞと注意しているのだ」と主張するかもしれない。

しかし、シェイクスピアは右の主張をはっきりと否定してくれている。

もし、「せいては事を仕損じる」という、先輩の後輩に対する忠告だったと仮定しよう。しかも、アントーニオが借りてくれた三千ダカットのおかげで船出したのだ。

だとすれば、バッサーニオは慎重に箱選びの賭けに臨まねばならない。ポーシア邸に着いて一〜二日のうちに箱選びをしてはいけない。ところがバッサーニオは、アントーニオの言いつけを守っていないのだ。こんなことが許されるだろうか？

ポーシアが「お願いでございますから、もっとごゆっくり。お選びになる前に、一日か二日お考えくださいませ」とバッサーニオに訴える（三―二―一）。ポーシアとしては、バッサーニオが一刻も早く箱選びをしそうな気配だったので、そんなに早まらないで下さい、せめて一日でも二日でも先にして下さい、と言っているのだ。

当然、バッサーニオはアントーニオの「せいては事を仕損じる。時間をかけよ。時機を待て」という忠告を思い出したはずである。しかし、バッサーニオは、不安定な気分でいるのは拷問台にいるみたいにつらいことだ、と言って箱選びをする。

本来なら、「アントーニオは機の熟すそのときまで待てと言っていたが、この生殺《なまごろ》しみたいな状況にたえられない」とでも最低限言うべきではないか。ポーシアが、お待ち下さいと言っているのだ。

しかしバッサーニオは当然のこととして、船出のときのアントーニオの科白は「三艘の船は早く帰ってくるな！　機の熟すそのときまで待機するのだ」という命令であることを知っていた。だから、さっさと自分の判断で箱選びをしたまでである。

このように読まない限り、全ての科白が死んでしまう。シェイクスピアの苦心の労作に対し礼を失することになる。

グラシアーノは嘘八百のだましのテクニックで、多くの人を動かし、噂をばらまき、テュバルにも近づいて、まことしやかな話を信じ込ませ、さらには三艘の船にも連絡をとった。「ヴェニス入港は早まるな、ヴェニスのなり行きを見て、ヴェニス到着の日時はこちらから連絡する。機の熟すまで、どこかの島かげで待機せよ」と指示したのだ。

グラシアーノ乗船の謎は、こうして立派に解けたのである。シェイクスピアの苦心の跡を観賞しようではないか！　命をかけたこの作品に無限の敬意を表わさなければならない。

それにしても、このときのアントーニオの格好が腑に落ちない。バッサーニオと別れを惜しんでいるその格好が異様だ。

「顔を背《そむ》けたまま、片手をうしろに伸ばし、しっかり、溢れる友情をこめてバッサーニオの手を握りしめ」ていたのだ（二－八－四七）。

アントーニオはバッサーニオと握手しているが、顔は別の方向に向いている。馬鹿げた格好に見える。一体、何なのだ？

こんなときは小学一年生に尋ねてみるのが早道だ。

「ね！　君は小学一年生だろう。学校の成績はパッとしないって話だが、ひとつ教えてくれないかね。あのアントーニオさんはバッサーニオの手を握っているが、顔は反対の方向に向いているだろう。ありゃ何の真似かね？　小学校じゃ教えてくれないかい。さっぱり分からん」

と。

小学生は直ちに答えるだろう。

「そんなこと簡単だよ。バッサーニオさんは見送られる人の中では一番いい洋服を着てるから、一番えらいんだよ。だからアントーニオさんはバッサーニオさんと握手をしているんだよ。でもね、アントーニオさんは、それよりも大事な用件があるんだよ。ほれ、見てごらん。アントーニオさんは、バッサーニオさんの反対側にいるグラシアーノさんと話をしてるじゃない。きっと、アントーニオさんは、グラシアーノさんと、とっても大事なお話をしているんだよ。大人は何も分かっちゃいない！　利口者は生きていても良くなるんだよー、馬鹿は死ななきゃ治らない」

この小学生が言うとおりなのだ。

アントーニオはバッサーニオと握手はしているが、顔はグラシアーノに向いているのだ。「俺の船は早く帰ってくるな。機が熟す、そのときまで待機しておれ」という命令をグラシアーノに申し渡している光景が、異様な格好として目撃されたのだ。小学一年生の純な心に幸あれ！

共謀窃盗事件は無事完了した。だが、これからさらなる大事件が始まろうとしているのだ。その大事件の船出なのだ。恐るべきヴェニスの商人とて緊張していることであろう。

アントーニオの眼は光を帯びていたのだ。まるで涙で光っているように。

嘘つきでだましの名人グラシアーノの謎の乗船。そして、ヴェニスの商人アントーニオがそのグラシアーノに「機が熟すのを待て」――即ち、アントーニオの持ち船の帰港は遅らせよ！と命令した場面を直視すれば、『ヴェニスの商人』という物語の真実が判明する。この場面を世界中のシェイクスピア研究者が読もうとしないのだ。これが、現在のシェイクスピア研究の恐るべき状況なのだ。シェイクスピアが書いた文章が目の前に存るのだ。それを見ようとしない現在を打破することが、貴方たちの進むべき道なのだ。

シェイクスピア作品を読むという作業を、人類は四百年も怠っていたのだ。シェイクスピア研究は今、始まったばかりなのだ。若い研究者の出現を私は待っている。

第7章　裁判と判決の問題点

裁判の場で、この物語はそのクライマックスを迎える。正義の商人アントーニオが勝ち、冷酷なシャイロックが敗北する。それに観衆が拍手喝采する場面なのだろうか？

結論を自分の先入観で求めてはならない。シェイクスピアが書いたとおりに読む、それで充分である。

次の順序で問題点を見つめてみたい。

1　証文作成の経過
2　ポーシアの驚き
3　シャイロックの沈黙――深い悲しみ
4　判決にこめられたアントーニオの野心

1　証文作成の経過

証文そのものが舞台で読み上げられるわけではない。多くの科白から推察すると、次のような証文であったようだ。

一　貸付金額――三千ダカット
一　弁済期限――三カ月後
一　利　息――無利子と定める
一　違反した場合の特約――弁済期限を過ぎた場合、シャイロックはアントーニオの胸の肉一ポンドを切り取ることができる。この場合、アントーニオは胸の肉一ポンドに代えて、金銭（その額にかかわらず）の支払いをもって、右義務を免れることはできない。

この証文で一番非常識な点は、肉一ポンドの違約金である（実質的には死を意味する）。そして、期限内に返済しなかったときは、それ以後金の支払いで命を買い戻すことはできない、というところである。

いかに四百年前とはいえ、右のような理不尽な契約はなかったであろう。貸金業者は金が目的であるから、違約した場合は元金の三倍の違約金を取る、という証文の方が有難いに違いない。しかしこの証文は、三カ月過ぎたら「お命頂戴」しか選択肢がない。

この非情な証文はなぜできたか？

当然、これこそシャイロックの非人間的な冷酷さの表れである――と言う人もいるかもしれない。

しかし、抽象的に議論しても始まらない。

シャイロックはこれまでアントーニオから公衆の前面でののしられ、唾液《つば》を吐きかけられ、「人殺し」とまで言われた……ところが三千ダカットを貸せとおっしゃる――と、精一杯の嫌味を言う。

本来なら、アントーニオは借金を申し込んでいるのだから、「今まではちょいとやりすぎた。今後は仲良くやろうじゃないか！　三千ダカット貸してくれ」と下手《したて》に出そうに思える。それが常識ではないか。

ところがアントーニオは、

「僕はね、これからだって君を犬呼ばわりもすれば、唾ァ吐っかけもする、いや蹴飛しだってするだろうよ。この金、貸してくれるというなら、友達に貸すとは思うな。考えてもみろ、かりにも友情が友達相手に石女《うまずめ》の金を貸して、それで子供を産ませたって、そんな例《ためし》でもあるのか？　むしろ敵《かたき》にでも貸したものと思え。すりゃ、万一違約の節には、大きな顔して、違背金も取れようってもんだろうからな」（一―三―一一九）

全くすごい剣幕《けんまく》だ。今後も今までどおりお前さんを侮辱し、蹴飛ばしもする。だから友人に貸すのではない、自分の仇《かたき》に金を貸すのだ。さあー、その代わり、お前さんはきびしい違背金を定めてもいいだろう、と言っているのだ。

アントーニオは、違約した場合の罰則はどんなにきびしくしてもいい理屈だよね、今までも、これからも、俺はお前さんを侮辱し続けるのだからね――である。

例えば、或る人物が、いつも悪口を言い、そして営業妨害をしている、そしてその妻と不貞を働いたこともある金貸業者に言ったとしよう。

「おい！　金貸し野郎、ちょいとばかり一億円貸してくれよ。お前が情をかけて金を貸してくれたとしても、俺はお前を今後とも公衆の面前で侮辱し、足蹴りにするし、営業妨害も間違いなく今までどおり続けてやるぜ。さあ、金貸し、一億円貸せ。ここまで言われりゃ、お前さんも違約金についちゃ遠慮はいらなくなるぜ。違約の場合は――お命頂戴だっていいんだぜ……ええ、どうだ。いい機会じゃねえか！　この極道の金貸し野郎！」と。

ここまで言われると、シャイロックとしても違約条項に「お命頂戴」を入れるのではなかろうか？

アントーニオは、この証文が作られることを心の内で待ち望んでいるのだ。シャイロックを挑発したのだ。シャイロックもアントーニオに潜在的に復讐心を持っていた。その復讐心があおり立てられたのだ。

アントーニオはシャイロックの深い復讐心を知っていて追い詰めたのだ。俺はここまでお前を追い詰めた。それでも、おい「ジュウの奴め、手を振り上げきらないのか！」と。

こうしてアントーニオの意図どおり、「違約の場合はお命頂戴」の証文ができたのである。

2　ポーシアの驚き

バッサーニオが箱選びの賭けに当たり、ポーシアと結婚することとなった。グラシアーノはポーシアの侍女ネリッサと結婚することとなった。

しかし夜を迎える前に、ポーシア邸にいるバッサーニオにアントーニオからの手紙。

「全ての船が難破、借金の期限も切れた。もう俺の命もない……」

バッサーニオ、グラシアーノはヴェニスへと急行する。駆け落ちしてポーシア邸に来ていたロレンゾとジェシカ夫婦が留守番役。

ポーシアも機転を利かして、自分を法学博士、侍女ネリッサを書記役に仕立てて裁判の場へ乗り込む。

裁判の場では大守公爵が裁判長。公爵は裁判について意見を聴くために、ベラーリオ博士に出廷を頼んでいた。このベラーリオ博士の名代《みょうだい》(代わりの人)として、ポーシアがローマの少壮学者バルサザーとして出廷する。

ポーシアが公爵と並んで、或いは公爵に代わって裁判長席に着いていたようだ。いずれにせよ今後の審理の采配はポーシア。

公爵が「――係争問題については、もはやご承知でござろうな?」と問うたのに対し、「一部始終承って参りました」と述べたあと、次のように発言する。

「いったいこれは、どちらが商人で、どちらがユダヤ人でございます?」(四―一―一六六)

研究社版(p187)は「どちらが商人でどちらがユダヤ人でございましょう?」。

英文は、
Which is the merchant here, and which the Jew?

なぜ、この奇妙な科白をシェイクスピアはポーシアに言わせたのだろうか。いや、なぜこんな科白をポーシアは吐いたのだろうか? 皆さんは、そんなことはどうだっていい、と言うかもしれない。しかし、私の常識からすれば、この科白はピンとこない。シャイロックはユダヤ人的な服を着ているだろう。なお、当時は職業ごとに服装に特徴があったかもしれない。だとすれば、金貸し風の服を着ていただろう。

一方、アントーニオの服装はどうだったろうか。シャイロックの召使いからバッサーニオの召使いに転職したラーンスロットは、しゃれた制服（お仕着せ）を着たいばかりにバッサーニオ家に転職した（実際は、ヴェニスの商人アントーニオのそそのかしで転職したのであるが）。召使いがしゃれた制服を着ているぐらいだから、バッサーニオやアントーニオは当時ヴェニスの流行の先端を行く服装を身にまとっていたであろう。靴も帽子も、シャイロックとは全く異なったものを着けていたはずである。

例えば、八十歳の男性と十五歳の青年が二人並んでいたとしよう。この二人の前に行った人物が、「どちらが後期高齢者でありましたかな。どちらが高校受験者でありますかな？」と発言したとしよう。私はこの人物の精神状態を疑う。

〝存在してはならない科白〟とまでは言わないでおこう。でも、不思議な科白である。

なぜ、ポーシアの口から開口一番、「どっちが、どっちなのだ」と戸惑ったような科白が出てしまったのか？

シェイクスピアは、このような大事なことについては必ずどこかにその原因を書いている。

科白に必然性を持たせることに全精力を注ぎ込んだ人間なのだ。

ポーシアの人となりを見てみよう。シェイクスピアはこれについて丹念に書き残している。『ヴェニスの商人』の中には、人間社会に存在する偏見というものに対する考察があるように見える。ポーシアの求婚者の一人モロッコ王は、箱選びに先立って次のように述べる（二―一―一以下）。

「この顔色ゆえに私をお嫌いにならぬよう、お願い申上げたい。照りつける灼熱日輪との隣りづきあい……なんなら……北国生れの色白美男でも、お連れ下さるがよろしい。お嬢様のためとあれば、私たちお互い肌を傷つけ合って、彼か私か、どちらの血が赤いか、試してごらんに入れましょう」

モロッコ王は、肌の色ゆえにポーシアが自分を嫌いになるかもしれない――と一抹の不安を持ったようだが、白い肌の人間と黒い肌の私、「どちらの血が赤いか」、すなわち魂はどっちが立派か、どっちが真の人間であるか！　とくとご覧にいれましょう、と胸を張っている感じ。

これに対し、ポーシアは次のように言う。

自分の結婚は父の遺言で決められている。くじで当たった人と結婚する運命である。しかし、「そうした運命にさえ縛られていませんならば、御高名なる殿下、殿下こそは、これまで私のお目にかかりました誰方《どなた》よりも、私の愛を受けていただけますのに、まことふさわしい方かと存じます」と述べる。

全く肌の色に対する偏見を持っていない。要はその人の魂（人となり）だ、と言っているように見える。

ポーシアの父親も随分と変わった人だ、娘の婿をくじ引きで決めるとは。この父親は、人間なんて似たりよったり、誰だって同じことさ！　と考えていた人間であろう。この父親だからこそ、「肌の色なんて何の問題にもならない」とポーシアは頭で考えていたのであろう。

ところで、モロッコ王はくじに失敗した。前記のポーシアの科白から推論すれば、ポーシアは次のように語ってもよさそうに見える。

「あー、この方こそ、モロッコ王こそ、魂の秀でた方と、私の夫と願っていたのに、ああ、なんてこの世はままならぬのでしょうか……」

ところが、ポーシアはとんでもないことを言う。

「まあ、よかった。さあ、幕を引いておくれ。あんな肌色の奴らはみんな、この選び方をしてくれますよう」（二―七―七八）

「私の愛を受けていただけますのに、まことふさわしい方かと存じます」という最初の科白と矛盾する。はなはだしい矛盾。

それかと言って、どちらかの科白は嘘を言ったのだという状況証拠は全くない。だとすれば、この矛盾する科白は、二つともポーシアの心の真実を伝えていると見なければならない。ということは、親の物の考え方の影響を受けたのか、頭では、肌の色などという人間の価値とは無関係なことに価値を認めるべきでないと理解していたし、自分でもそのような人間だと思っていた。が、心の奥深いところでは、やはり肌の色に何らかのこだわりを持っていたと解すべきであろう。

ポーシアの心の奥底を暴露せず、例えば、「ああ残念だわ、モロッコ王が外《はず》れくじをお引きになったわ。所詮、この世はサイコロまかせ」とでも誤魔化すこともできたはずである。しかし、シェイクスピアはそのようにはしなかった。ポーシアの心の内をそのまま表現した。ポーシアはバッサーニオのどんなところに引かれていたのか？　人間の質の良さ、或いは魂の気高さに魅せられていたのだろうか？

バッサーニオが求婚者として姿を現す以前、ポーシアは次のように言っている。

侍女ネリッサ「……まだお父様の御存命中、モントフェラット侯爵様のお供でお見えになった、学者で、軍人だとかおっしゃったヴェニスの方を？」

ポーシア「ええ、ええ、あれはバッサーニオ様、たしかそうおっしゃったわね」

ネリッサ「……あの方こそ美しいお嬢様にふさわしい、第一番の殿御かと存じましたわ」

「ヴェニスの方」の先触《さきぶ》れが土産物を持ってきたことをネリッサから聞かされたときも、

「……ネリッサ、早くおいで。だって、そんな立派なクピード神のお使いなら、私だって早く見たいわ」(二―九―一〇〇)

とポーシアは舞い上がっている。

恋には、その理由は不要なのかもしれない。きっとバッサーニオは男前で、武官か学者かよく分からないが、見てくれの立派なヴェニスの青年であったのだろう。

いずれにせよ、船一艘に土産物を積んで、バッサーニオはポーシア邸を訪れた。ポーシアが「早々に箱選びをしないで下さい。一カ月でも二カ月でも時間をかけて――もしかすると当たり箱を教えることだって、でも、それはなりませぬ」と慎重な箱選びを奨めたが、早々と箱を選んだ。そして当たった。

そのとき、ポーシアはバッサーニオに対し、

「……あなたから軽蔑されたくないばかりに、徳の点でも、美しさの点でも、財産でも、お友達でも、もっと限りなく立派な女になりたいのです」(三―二―一五五以下)

と述べている。ポーシアはバッサーニオを紳士の中の紳士と思い込んでいるのだ。自分以上に立派な人間と思い込んでいるのだ。

その直後、アントーニオの裁判が始まっているとの連絡を受ける。そのときポーシアは、次のように述べる(三―四―一一)。

「……平生《ふだん》親しく交際《つきあ》って、いわば愛の一つ軛《くびき》に結ばれている同志ってのは、顔つきといい、挙動《ものごし》といい、気立といい、きっとどこか似たところがあるものよ。それから考えて、そのアントーニオ様とやらも、主人《たく》の親友でいらっしゃる以上、きっと同じような方にちがいないわ。だとすれば、私の生命《いのち》とも頼む夫、その夫に似た方を、そんな地獄の苦しみからお救いする……」

ポーシアは、アントーニオは夫バッサーニオと同じような人格であるに違いないと思っていたのだ。一方、バッサーニオ、グラシアーノらから、シャイロックが極悪非道な人間であるということは、いやというほど聞かされていた。悪党シャイロック、神の如く慈悲深いアントーニオ。アントーニオを「親切この上もない、……古代ローマ精神を体した人間」とまでバッサーニオは褒めている（三―二―二九五）。

ポーシアは右の先入観で、裁判の場に臨んでいるのだ。ポーシアは二人を見た。どちらが悪党？　どちらが善玉の被害者？　きっとポーシアは二人を見て、シャイロックに人間の魂を感じ、アントーニオからは悪魔の臭気を嗅いだのではなかろうか？　何が何だか分からなくなり、心が混乱したのだろう。その心の乱れが、「どちらが商人？　どちらがユダヤ人？」という、場違いもはなはだしい非常識な科白として口から出てしまったのであろう。

夫のバッサーニオの心を見る力は恋の心でくもっていたが、シャイロックとアントーニオを目の前にしたとき、彼女が持っていた自由な心は、何らかの真実を直観したのであろう。いずれ、この彼女の直観が正しかったかどうか、明白になる場面が現れる。

ポーシアは、あいまいな状況の中でぼんやりと生きることができない女性である。あくまで、自分の意思を持って生きたい人間のようだ。この美しく賢いポーシアは、自分の将来についていかなる決断を下すのであろうか。

そもそも、何故、モロッコ王の「箱えらび」の状況をシェイクスピアはこの物語に入れたのだろうか？　仮にこの場面がなくても、『ヴェニスの商人』という物語が成立しないわけではなさそうに見える。しかし、シェイクスピアとしては、絶対に必要だと判断していたのだ。

心の表面では、偏見や先入観を持っていない人間でも、「心の奥に偏見や先入観があるかもしれないのですよ」と彼は人類に教えているのだ。

まさにポーシアは、心の表面では肌の色に偏見を持っていなかった。でも、心の底には（自分でも気付いていなかったが）その偏見があったのですよ！　と教えたのだ。

このように、心の奥底に偏見や先入観があったればこそ、ポーシアはバッサーニオの人間性（魂）を見抜けなかったのですよ！　と言っているのだ。

ポーシアの父親が存命中に、ポーシアはバッサーニオと一度だけ会って、「このましい人間だ」と淡い恋心を持っていたようだ。きっとバッサーニオは美男子だったのだろう。そして、前述したように「モントフェラット侯爵様のお供でお見えになった、学者で、軍人――」という触れ込みだったのだ。ポーシアはこの外的な情報で、「自分にふさわしい方」と淡い恋心を持ったのだろう。そして、裁判の場、そしてその後、バッサーニオの（ポーシアからもらった婚約指輪を手放すという）背信行為を知るまでは、バッサーニオを信じよう、信じたい――と考えていたのだ。

『ヴェニスの商人』は、人間は「成長し得るものだ」ということを、ポーシアの成長の姿を見せることでシェイクスピアが人類にプレゼントしてくれたのだ。シェイクスピアの作品の中には「成長する人物」が数多く登場する。

3　シャイロックの沈黙―深い悲しみ

シャイロックは、アントーニオの自分に対する公衆の面前における侮辱、暴力、または営業妨害を公然と述べている。当然のこととして、ヴェニスの町の全員が知っていることである。右のことが、シャイロックが肉一ポンドの裁判を提起した原因なのだろうか？

裁判を司る公爵がシャイロックに、慈悲の心を示したらどうか、と促す。

しかし、シャイロックは「手前がなぜ三千ダカットを取らないで、わざわざ腐れ肉一ポンドなどを要求致しますか。いまその御返事は申上げますまい」と述べたあと、「……たとえばでございます、手前の家に鼠が一匹出て困る。で、こいつに一万ダカット出してもよいから、殺してもらいたい、こう申したらどうでございましょう」。世間には「丸焼豚がどうでもお嫌い」とか「猫を見れば気が狂う」という人もいる。誰だって確かな理由が分からないこともある――「それとまったく同じでございますよ。アントーニオを相手に、こんな損な訴訟を起しましたというのも、手前、あの男にはかねてから宿怨があり、どうにも虫の好かん男だからという、その外には、申上げる理由もございませんし、また申上げようとも存じません」と述べる（四―一―四〇以下）。

宿怨であるというが、それを具体的に述べることを拒否している。

訴訟を起こした原因、いわゆる「宿怨」が、公衆の前面における侮辱、暴行、営業妨害では有り得ない。これらのことは皆が知っていることだから、今さら「申上げようとも存じません」、「申上げる理由もございません」などと言うはずがないのだ。

シャイロックは宿怨の内容をついに語らない。おそらく死ぬまで語らないであろう。ジェシカは自分の娘である、と終生言い続けるであろう。シャイロックにとってはあまりにも悲しく、口に出せることではなかった。ずっとその事実を隠し、そして耐えてきていたのだ。

だが、サレーリオから、「貴様の肉と、彼女の肉とじゃ、ちがいはまさに黒玉と象牙以上。血からいっても、赤葡萄酒と白葡萄酒と、いや、それ以上」、すなわち、ジェシカはお前の子供ではない、その上、アントーニオの船は難破した（三千ダカットは戻ってこない）と言われて、堪忍袋の緒が切れて、「復讐！」と叫んだのである（三―一―三二以下）。

このときから、シャイロックにとっては「復讐」が生きる目的になってしまったようだ。

この事実を見ない限り、『ヴェニスの商人』の真相は分からずじまいになってしまう。シャイロックは真の理由を述べない。

一方、アントーニオは、証文どおりシャイロックの気のすむようにして下さい、と実に淡々としたものだ。元々、この証文を作るように仕向けたのも、そして全ての船の帰港を遅らせたのも、アントーニオの意思なのだ。

とんでもない証文を作るようシャイロックを追い込み、ジェシカ、ロレンゾを利用して集団窃盗を実行し、バッサーニオの船にグラシアーノを乗船させ、難破の噂を立て、難破船の偽船員、偽債権者らを雇い入れ、シャイロックの金主のテュバルに難破の事実（虚偽）を吹き込んだ。

そのアントーニオは、裁判が自分の不利にならないとの確信を持っていたのだ。

慈悲深いクリスチャンを装ったアントーニオは、裁判の場で、心の中で「うまく行ったぞ！」

と喜びの声を上げていたのだ。

シャイロックは宿怨の原因をついに述べなかったし、将来もそれを述べることはない。この情況は、王子ハムレットの沈黙と同じものである。その苦悩の内容こそ異なるが、絶対に認めたくない事実を知りながらも、それについて永遠に沈黙を守る。事実を否定して生きるしかなかったのである。

ハムレット王子は、死亡したハムレット王を父と思っていた。しかし事実は、現在の王クローディアスと王妃ガートルードの間の子供である。それを認識した後の物語が『ハムレット』である。

ハムレットは右の事実を言わない。しかし一方では、自分の苦悩を述べないだけではなく、「絶対に述べない」と宣言している。

念のためハムレットの科白を記しておこう。

「もしあの役者に、おれの悲しみの動機ときっかけがあったら、どうだろう？　舞台を涙で浸し、恐ろしい科白で観客みんなの耳をつんざき、罪ある者の気を狂わせ、罪なき者を怯えさせ、無知な者を動転させ、見物の者の目も耳も、その働きは一切、混乱の極みに達しよう」（第二幕第二場、『ハムレット』野島秀勝訳、岩波文庫、p133）

ハムレットの苦悩を知れば、観客の耳は破れ、目と耳は混乱するだろう、と言っている。『ハムレット』の中に、観客が気を狂わせ、耳も目も破壊されるような場面は存在しない。ハムレットは、本当の苦悩は死んでも言わない。だが、その苦悩の存在は明確にしている。だからこそ、ハムレットの苦悩は何であったかを見出さなければならない。そうしない限り『ハムレット』は読めない。読まないまま四百年が過ぎた。

そして『ハムレット』について、訳の分からない解説や評論が溢れている。『ハムレット』を一行でも読めば、シェイクスピアの言っていることはすぐ分かるはずである。

『ハムレット』において、事実は直接法では語られない。ただ一カ所だけ直接法で語られる（前書、p314）。王が王妃にだけ聞こえるように言う。

「われわれの息子が勝つな」

それ以外の場面では、「わが甥にしてわが息子」という、どっちつかずの呼びかけをしている。

王妃ガードルートは、「ハムレットは fat だ」と言う。私の訳は、「ハムレットも太ったわね、貴方に似て」（「貴方の子供ですもの」）。

『ヴェニスの商人』においては、ほぼ直接話法に近い形で事実が次のように述べられている。

①ジェシカとシャイロックの別れの場面で、ジェシカは「I have a father」。私は父のところに行きます。或いは、私は父を取ります。そして、お父さん（シャイロック）は娘を失いま

す。

②サレーリオがシャイロックに直接断言する。

「貴様の肉と、彼女の肉とじゃ、ちがいはまさに黒玉と象牙以上。血からいっても、赤葡萄酒と白葡萄酒と、いや、それ以上だ」

この直後、シャイロックは「復讐」を叫んだ。

③ラーンスロットのジェシカに対する科白。

「きっと耶蘇の野郎奴が悪戯《わるさ》しやがってよ、お前《めえ》さんて子をこせえやがったにちげえねえ」

『ハムレット』に比べると直接話法による科白が多いようだ。ただしシャイロックは、「自分の娘である」という科白しか吐かない。

このように『ハムレット』と『ヴェニスの商人』の表現方法は酷似《こくじ》している。

さて、『ハムレット』において、ハムレットが王クローディアスの前の王ハムレットの毒殺及び不貞を暴き出す手法として、「ゴンザーゴ殺し」という劇を役者に演じさせる場面がある（第三章第二場）。

ハムレットは、「ゴンザーゴ殺し」という劇名があるのに、「ねずみとり」と呼んでいる。ただし、英文は「Mouse trap」。なぜに「ねずみとり」と言ったのだろうか？ 王クローディアスを追いつめるための観劇であるから、この「ねずみ」は王クローディアス以外ではあり得ない。不義密通で自分を生んだ父クローディアスを「ねずみ」と呼んでいるのだ。

さらに、ハムレットが大臣ポローニアスを殺すとき、「ねずみか?」と言う。ただし、英文はここでは「Rat」。王と間違えて殺したとハムレットは言うが、実際はポローニアスと知って刺殺している。同じ「ねずみ」であるが、クローディアスを「Mouse」、ポローニアスを「Rat」と、異なる単語を使用しているのだ。

なぜクローディアスを「ねずみ」と言ったのかについては、それなりの理由があるのだが、省略する（拙著『よみがえる「ハムレット」』を参照されたい）。

『ハムレット』においては、不義密通の王を「ねずみ」(mouse) と呼んでいるのだ。

さて、シャイロックは宿怨の内容については語らなかったが、間接話法で語っているのではなかろうか。

すでに述べたように、シャイロックは宿怨について、次のような訳の分かったような分からないようなことを言う。

「たとえばでございます、手前の家に鼠 (Rat) が一匹出て困る。で、こいつに一万ダカット出してもよいから、毒殺してもらいたいと、こう申しましたらどうでございましょう? 御納得

が参りましょうかな?」(四―一―四四)

シャイロックは「アントーニオを殺すためなら、一万ダカットでも惜しくはない。あいつは鼠だ。他家の嫁さんに子供まで生ませた、非人間でございます。口に出しては言えませんし、言うつもりもありませんが――」と心の内で叫んでいるのである。

それ以外の理由は考えられない。

4 判決に込められたアントーニオの野心

シャイロックは、ヴェニスの富全部をもらっても駄目――すなわち肉一ポンドの一点張りの主張。ポーシアは、「肉一ポンドを切り取っていい、しかし一ポンドから一グラムでも増減してはいけないし、血を一滴も出してはいけない」と言い渡す。

シャイロックは「三千ダカットの三倍、いや三千ダカットだけでも」と言うが、ポーシアは「証文どおり肉一ポンドだけ」と突っぱねる。

シャイロックは「長居は無用」と逃げ出そうとする。

しかし、ポーシアは「待て!」と呼び止めて判決案を言い渡す。

外国人がヴェニス市民の生命を脅かした犯罪事実が明らかになったときは、

①財産の半分はアントーニオのもの。
②残りの半分は国庫に没収。
③シャイロックの生命は大守公爵の権限に属する。すなわち、公爵がシャイロックを死罪にするもしないも自由。

ここで公爵が、「我々の精神が、いかにその方どもとちがっているか、それを見せてつかわす」と慈悲の心を示す。

①シャイロックの生命は許してやろう。
②財産の半分はアントーニオのもの。
③残りの半分は国庫没収であるが、謹慎次第では減刑もあり得る。

ポーシアの判決案は、公爵の慈悲の心によって軽くなった。

ここでポーシアは、

「アントーニオ、その方もなにか慈悲を施してやれるか？」

と、さらなる減刑をアントーニオに促す。きっとポーシアはアントーニオの心の内を知りたかったのであろう。深い慈悲の心を期待したのだろう。

アントーニオは次のようにお願いする。

①財産半分の国庫没収は赦してもらいたい。

②自分（アントーニオ）がもらうことになる半分の財産は、いらない。しかし、シャイロックに戻してやるのではない。自分がもらう代わりに、自分が保管しておき、シャイロックが死んだら、ジェシカの夫ロレンゾに譲渡する。結論は、半分の財産はロレンゾのものとなる。

③シャイロックが死んだ場合、遺産の一切は、ジェシカとロレンゾ夫婦のものとなる。そのための譲渡証書を直ちに作成すること。

④シャイロックは直ちにキリスト教に改宗すること。

右四カ条がアントーニオの慈悲である。恐るべき慈悲である。

よく考えてみよう。

国庫に没収される財産半分は免除されてシャイロックに戻るから、シャイロックは儲けたように見える。

しかし、シャイロックが死亡したときは、所有財産はジェシカ夫婦のものになるのだ。一応、国に没収されずに済んだようだが、死後はジェシカ夫婦のもの。国の取り分がジェシカ夫婦のものになるのだ。シャイロックの将来の稼ぎも含めてジェシカ夫婦のものになるのだ。

しかも、キリスト教徒に改宗しなければならない。シャイロックの魂までも奪ったのである。

恐るべき慈悲である。アントーニオの恐るべき野心の現れである。アントーニオは目先の利益ではなく、十年後、二十年後を見据えている。シェイクスピアの劇に登場する人物の中で、特異な性格である。先の先までも自分の意思を貫徹させようとする意志。

アントーニオは、自分の死後のことすら自分の意思で支配したがるような人間である。シャイロックの現世の活動（現在まで稼いだ財産、そして今から稼ぎ出す財産）の全てを支配し、魂を奪い、それを支配しようとしているのだ。

なぜ、シェイクスピアはこのような人物を描いたのだろうか？　答えは簡単、四百年前のロンドンには、黄金に対する飽くなき欲望に取り憑かれた非情な人間どもが現れはじめていたのであろう。

アントーニオは第一幕第一場（四十一行以下）で言っている。

「僕の投資は、船一艘にかかってるわけでもなければ、ただ一つ場所にかかってるわけでもない。今年一年の運不運だけでまるまる全財産がどうなるってもんじゃない」

アントーニオは「現在」だけを見る人間ではない。「未来」を、そして「ヴェニスのみならず広い世界」を見つめる力の人である。そして、他人の財産、今後の稼ぎまでも、いや、その人間の魂までも永遠に支配したいと願望する人間である。

この野望を、ポーシアはアントーニオの慈悲に満ちた提案の中に見てとったのである。

さあ、ポーシアよ、貴女はどのように決断したのか。

なお、アントーニオの右の提案は、公爵も承認した。公爵としては、国庫収入がなくなるので、ちょっとさびしかったであろう。アントーニオに横取りされたのだ。しかし、公爵はアントーニオの提案にひとことの異議も述べていない。ヴェニスの政治も司法も、実質的にはアントーニオの手の中にあったのだ。

あのヴェローナで、ジュリエットの父キャピュレットとロミオの父モンタギューが持っていた権勢以上のものを、アントーニオはこのヴェニスで持っていたのだ。それでも「飽き足りないのだ」。この世界の黄金を永遠に支配したいアントーニオなのだ。

いいですか！　皆さん、そして研究者諸兄姉に、常識で考えることを要求しておこう。アントーニオの判決案――現実にもそのとおりの判決が下された。要点は二つである。

1　いずれ、シャイロックの全財産は、ロレンゾとその妻ジェシカの所有になるのだ。ロレンゾは、アントーニオを頂点とする犯罪者集団の一員である。しかもその妻ジェシカは、表面的にはシャイロックの娘である。シャイロックから奪った全財産は、乾分《こぶん》のロレンゾとシャイロックの娘にやるというのですよ。おかしいと思いませんか？

ジェシカがアントーニオの娘であるという私の前提によれば、「なるほど」と納得がいく。

2　シャイロックの宗教を奪ったのですよ。宗教は人間の魂の問題なのだ。魂を奪うことは、死刑判決に等しいのですよ。

もし、人が死んだとき、国家権力（判決という形で）をもって異教徒風の葬儀をしたりその墓地に埋葬したとしたら、暴動が起きますよ。いかなる権力も、このような人間存在の根本に関わる行為はしないだろう。もし、そのようなことを平気でする国家がこの世にあるとすれば、その国は人類から無限の非難を受けねばならない。そのような国家は直ちにこの世界から消えねばならない。まさにアントーニオの非人間性の現れである。

ヴェニスの商人アントーニオは、シャイロックの全財産と精神の自由を完全に奪ったのだ！

このアントーニオの行為を直視しなければならない。

「気高い神のごときヴェニスの商人アントーニオが、極悪非道のユダヤ人シャイロックをやっつける物語――正義が勝って悪が滅びる――善が悪に勝利する喜劇」などという評価は、どこからも出てこない！

第8章 ポーシアの「絶望の詩《うた》」

ポーシアは若い法学博士に、侍女ネリッサはその書記に変装し、世紀の人肉裁判を取り仕切り、その裁判も無事終了した。アントーニオの大勝利。シャイロックは財産および魂の自由の全てを剝《は》ぎ取られた。

ポーシアとネリッサは、ヴェニスからベルモントのポーシアの豪邸に、バッサーニオたちよりも一足先に帰っていく。

あとは、ポーシアとしては夫バッサーニオの帰宅を待つばかりである。きっとバッサーニオたちも早馬で帰ってくるに違いない。バッサーニオたちが乗る、その馬車の帰りを今か今かと待っているのだろうか？

ポーシアは、かつて一度会って憎からず想っていたバッサーニオが、幸運にも夫になるくじを引いてくれたのだ。お預けになっていた新婚生活が始まろうとしているのだ。喜びに波打つような科白がふさわしいのではなかろうか？

しかし、『ヴェニスの商人』の中には、この喜びの歌がないのだ。喜びの歌の代わりに、絶望の詩があるのだ。

シェイクスピアは喜びの歌のあるべきところに「絶望の詩」を置いた。誰が何と言おうと、シェイクスピアが書いているのだから、直視する以外に法《すべ》はない。

バッサーニオが帰宅する直前のポーシアの科白（五―一―一二四）。

「今夜ったら、なんだかまるで病《や》める昼《ひる》って感じね。ひどく蒼《あお》ざめて、まるで昼間――それも陽《ひ》のかくれた昼間みたいなのね」

研究社版は次のとおり。

「今夜はまるで病気になった昼間みたい、ちょっと顔色の青ざめた。でも本当に昼間だわ、これは太陽が雲に隠れた昼間」

ポーシアは、「太陽の出ない昼間」と歌っているのだ。太陽の出ない昼間によって、人々は何を連想するだろうか。幸福を連想するだろうか、それとも、その反対を連想するだろうか？

私は、太陽のない昼間から、幸福、満足、光などとは反対の状況を連想する。

新婚を迎えるのだ、不幸の歌でなんかあり得ない、と言う人もいるかもしれない。しかし、ポーシアはこのように絶望の詩を歌っているのだ。

なぜか、という疑問を出した研究者はいないのだろうか？

この絶望の詩は、『ロミオとジュリエット』の最終場面の、領主エスカラスの科白とほとんど同じ調子である。

ジュリエットの父キャピュレット、そしてロミオの父モンタギューは、それぞれ死んだロミオとジュリエットの純金の像を立てる、と言った。

その言葉を聞いて、領主エスカラスは言った。

「朝になり、平和が戻ったが、いかにも暗い平和だ。悲しんでいるのか、太陽も明るい顔を出そうともせぬ」(『ロミオとジュリエット』平井正穂訳、岩波文庫、p236)

私は、右エスカラスの科白も絶望の詩であると解する。魂を失った人間どもに対する絶望の詩である。

ポーシアはバッサーニオが箱選びをする直前、

「ああ、恋よ、静かに落ち着くのだよ」(三−二−一一〇)

と不安と期待にふるえた。

「恋よ、静かに落ち着くのだよ」、この短い科白で若い恋の心と成就しないときの不安を、的確にシェイクスピアは表現してくれた。

バッサーニオが当たりの箱を選んだとき、あなたのために一千倍も美しく、一万倍も金持ちに、そして限りなく立派な女になりたいと歓喜したではないか！　このような喜びの声を上げていたポーシアが、今なぜに絶望の詩を歌うのか？　と考え込まざるを得ない。

歓喜が絶望へと変化した場合、この歓喜と絶望の間に何が起きたのか？　検討しなければならない。それ以外に原因を探るのは許されないだろう。

例えば、この科白を書くとき、シェイクスピアは二日酔いで気分が悪かったので絶望の詩を書いたのだ、などと言ってはならない。

例えば、『ハムレット』に関して言えば、彼が『ハムレット』を書くとき、何か心の中に暗いものがあったのだというような論評が存在する。『ハムレット』を一行も読まないで、シェイクスピアの心の中を勝手に想像するという馬鹿げた手法だ。実はこのような愚にもつかない論評が街《ちまた》にあふれているのだ。このような論評の全てに共通するのは、『ハムレット』は一行も読まない、『ロミオとジュリエット』は一行も読まない、という基本姿勢を命がけで守るということのように思える。

さて、裁判の場で何があったのか？　裁判後、何か大事件でもあったのか？

ポーシアは、今の一千倍美しくなりたい、一万倍も金持ちになりたい、限りなく立派な女になりたい、とその喜びを語っていた。

ポーシアはバッサーニオを、教養のある、立派な魂を持ったヴェニスの紳士と思っていたのだ。

バッサーニオは裁判の場に出発する前、次のようにポーシアに述べている。

「……私の持っている財産というのはただこの血管を流れている血液だけ、つまり、私が紳士だという、ただそれだけなのだと。……実はその無一文というのさえ、本当をいえば、途方もない大法螺《ぼら》……旅費を調《ととの》えるために、私はある親友から借金を……」（三－二－二五二）

このときポーシアは、バッサーニオが無一文の人間であることに対し、何の不満も絶望も述べていない。

シェイクスピアは言っているのだ。ポーシアはバッサーニオが財産を持たない人間であることについては全く絶望していないのですよ！　よく考えて下さいよ、ロンドンっ子よ！「バッサーニオが紳士である」ことについての根本的な疑問を持ったのですよ、これを見逃してはいけない、と。

もし貴女が、結婚した相手の男性は、金はないけれど立派な紳士と信じ、「あなたから軽蔑されたくないばかりに、徳の点でも、美しさの点でも、財産でも、お友達でも、もっと限りなく立派な女になりたいのでございます」（三－二－一五五）と自分に言い聞かせていたのに、その夫が大窃盗団の、或いは詐欺師グループの一員であることを、そしてその夫は親分の命令ならひとことの反発もせずに絶対服従する人間であることを知ったとしよう。貴女は絶望しないか？　それとも絶望するのか？　答えは聞くまでもないこと。まさにポーシアの絶望は、貴女の絶望と全く同じものなのだ。

すでに述べたように、ポーシアは法廷でシャイロックとアントーニオを見た瞬間、どっちが悪党でどっちが善玉か分からなくなった。

この不安があったので、アントーニオの心の内を知りたくなって、ポーシア（偽の法学博士、にわか裁判官）はアントーニオに「慈悲の心を示せ」と命じたのだ。その答えは慈悲と全く相反した、冷酷非情なものであった。ポーシアはアントーニオの心の恐ろしさを確信した。

皆さんは、アントーニオが仮にそうだとしても、バッサーニオは関係ない！　と主張するかもしれない。

しかしポーシアは「アントーニオ様とやらも、主人《たく》の親友でいらっしゃる以上、きっと同じような方にちがいないわ」（三―四―一五）と言っている。シェイクスピアは、皆さんの疑問点を前もって解消してくれている。ポーシアは、友達というからには、夫になるべきバッサーニオとアントーニオは似たような人物という認識を持っていたのだ。だから、アントーニオの心を知ったとき、バッサーニオの心をも知ったのである。

ポーシアとしては大きな打撃であっただろう。今さら婚約破棄もできない。父親の遺言に従って婿選びをしてしまった。

ポーシアは考えた。どうしよう? こんな人たちと付き合いたくないが……。

ポーシアは、あいまいな生き方ができない性格のようだ。結婚（正確には婚約）をしたからには逃げはきかない。だとすれば、いっそのこと仲良くしてみよう。相手を疑うような、毛嫌いするような様子は見せまい。これが私の運命なんだわ。バッサーニオも私に首ったけのようだから、うまく操縦すれば、少しはましな人間になるかもしれない。いちかばちか、アントーニオと仲良く付き合っていこうと決断したのだろう。

またもや皆さんは、シェイクスピアが書いてないことを言い出して！ と私を批難するだろう。たしかに右のような科白はなさそうだ。

だが、シェイクスピアは立派に書いてくれているのだ！

裁判終了の直後、おそらく法廷を出たところであろう。バッサーニオはポーシア（このときは、まだ法学博士の格好）に対し、裁判でのポーシアの尽力に謝意を述べた後、次のように述べる。

「……報酬ではなく、ただの贈物として、記念の品をお持ち願いたい」（四－一－四一六）

お礼のしるしに何か差し上げたいと言っているのだ。

ポーシアはアントーニオに対しては、

「その手袋を。記念に使わせていただきますから」

と言う。

研究社版は、

「あなたからはその手袋を、記念に身につけましょう」

英文は、

Give me your gloves, I'll wear them for your sake;

直訳すれば、「私に貴方の両手袋を下さい。私は、それを貴方のために手にはめます」であろう。このように正しく訳さないと、シェイクスピアを理解することは不可能である。「記念のため」という単語はない。

バッサーニオが記念（remembrance）と言っているから、「記念のために身につける」という訳文になっているのであろう。しかし、直訳すれば、右のような文になるのではないか？

「手袋を下さい、それをはめます」

なんたることか？ と思ってしまう。手袋というものは、手にぴったりしないと気分が悪い。だぶだぶの手袋なんか、はめたくもない。しかも他人が使った手袋など汗臭くて何やら不潔で、私なら棄てる。クリーニングしたとしてもはめる気になれない。アントーニオとポーシアでは手の大きさも違うだろう。

こんな不自然な不潔きわまりない科白を、シェイクスピアはなぜ言わせたのか。自分の手に合わない中古の手袋を、妙齢の女性が中年男に下さいと言い、しかもそれを自分の手にはめますと言うのだ。

一番素直な解釈は「手を取り合いましょう」であろう。人々が握手するのは、「仲良くしましょう」であろう。

手袋はぴったり合わなければならない。現に英語の辞書によると「fit like a glove」という使用法があり、「ぴったり合う」ということらしい（『岩波新英和辞典』）。ポーシアはアントーニオと手を握る決心をしたのだ。

しかし、手袋が合わないのではないか？　どうするのだろう。

「for your sake」（貴方のために）と言うからには、ポーシアはアントーニオに「合わせます」と言っているとしか考えられない。

ポーシアはアントーニオに、私は貴方の考え方に合わせるようにしましょう、バッサーニオと婚約したのだし、全ては運命！　と心の内で泣いていたのだ。悲しみに追い打ちがかけられるのだ。

ポーシアは、「手袋をはめます」と言ったことで、アントーニオは満足したか？　と一瞬思ったであろう。考えが甘い。相手は「足ることを知らぬ」人物なのだ。ポーシアは婚約者バッサーニオの心の底を探る作業に取りかかる。

ポーシアはバッサーニオに対しては、指輪（自分が贈った婚約指輪）を下さいと言い出す。どうしてもそれが欲しい、と言う。

バッサーニオは「これは妻からもらったものだから差し上げるわけにはいかない。もうちょっと立派な奴を探し出して贈る」と言うが、ポーシアは承知しない。バッサーニオとしても一生手放しませんと誓約した（三―二―一八四）からには、この法学博士に贈る気になれなかったようだ。

ついにポーシアはこの指輪をもらうことを断念して、「御機嫌よう」と歩き出す。きっとポーシアは心の内では喜んだはずである。「私との約束を守ってくれた」と。

ところがアントーニオが、

「その指輪、差上げろよ。そりゃ奥様の命令も命令だが、あの人の正当な要求といい、それに僕への友情ということも、大いに考えてもらいたいな」

とバッサーニオに言うと、バッサーニオはひとことの反論もしないで、この指輪をポーシアにやってしまう。アントーニオのバッサーニオに対する科白は「ポーシアの命令と俺の命令、お前はどちらの命令を取るのか！」が真意であろう。

バッサーニオはポーシアの執拗《しつよう》な申し出には、「妻からもらったから」と言って拒否を貫いた。しかし、アントーニオのひとことで、一瞬にしてその結論を変えてしまった。何の反論もしないまま。あの船出のとき、グラシアーノの乗船を心の内では嫌っていたのに承諾してしまったのと同じ状況である。バッサーニオにとって、アントーニオのひとことは神の命令同然だ。ポーシアのことなど頭から消え去っている。

ここでシェイクスピアが言っているのは、女が贈った指輪は、その女性の全て、魂と肉体の全ての象徴である。バッサーニオはアントーニオのひとことでその指輪を捨てた。一言半句の抗弁もしないまま——。言い換えれば、「アントーニオの命令であれば、バッサーニオはポーシアを直ちに捨てるであろう」ということである。

だからこそ、ポーシアはバッサーニオの帰館を前にして、絶望の詩を歌ったのだ。

ポーシア邸には嘘つきの名人グラシアーノも来ており、彼はポーシアの侍女ネリッサと婚約した。おそらくグラシアーノはバッサーニオ、ポーシア夫婦の邸の執事になるのだろう。ロレンゾは召使いとして働き出すに違いない。このように、ポーシアの周りにはアントーニオの部下がたむろしているのだ。

バッサーニオは、ポーシアの財産をいずれ自分の支配下に置くだろう。そして、全てを自分の支配下におさめたとき、ヴェニスの商人アントーニオがバッサーニオに命令するであろう。「おい！　バッサーニオ、もう全財産は取り込んだかね！　ポーシアとの寝物語も今日で終わり。ジェノアに大富豪の後家《ごけ》さんがいるんだ。おい、色男、バッサーニオ、今度はジェノアでひと働きするんだ！」

バッサーニオは「はい」と言うだけであろう。

ポーシアは、この状景を暗い夜の闇の中に見ていたのだ。だから、絶望の詩を歌ったのだ。

この絶望の詩を歌うときの状景について、シェイクスピアは実に手の込んだ仕掛けを作っている。

ポーシアは、どんなきっかけで、この詩を歌ったのか？

ポーシアはバッサーニオの乗る馬車から響くトランペットの音を聞いた途端に、絶望の詩を歌った。

ポーシアが帰宅するとき、ポーシア家の楽士たちが音楽を奏でていた。これはポーシアの帰宅を迎えるものであった。この音楽が終わると同時に、バッサーニオのトランペットが聞こえてくるように仕組まれている。皆さん、脚本で確認していただきたい。

ポーシア家の音楽がやみ、その後まもなくしてバッサーニオのトランペット（ひとかどの人物は自分の曲を持っていたのだそうだ）が聞こえてくる。

トランペットの吹奏が始まり、留守番役で残っていたロレンゾが「御主人様のお帰りです」と言った途端に、ポーシアは絶望の詩を歌った。

シェイクスピアはロンドンっ子に、ポーシアの心を知ってもらうために、右のような細工をしている。皆さんは、たかがトランペットのひとふきが絶望の詩の引き金になるなんて、ちょっと穿《うが》ち過ぎではないかと言われるかもしれない。しかし、シェイクスピアは右のような疑問を前もって打ち消している。トランペットのひとふきで心が変わるものだ、ということを事前に解説しているのだ。実に周到である。

ポーシアが帰宅する直前、ロンレゾとジェシカ夫婦の会話がある。その中でロレンゾは述べている。

気違いのように飛び跳ね、吠えたり嘶《いなな》いたりしている仔馬だって、「ひとたびラッパの音を聞くか、なにか音楽の調べでも耳にすると、いっせいに止って動かなくなり、狂おしい眼も和《なご》やかな眼差《まなざし》に変る。それが快い音楽の力なのだ」（五―一―七五）

すてきなトランペットのひとふきで心が軽くなる、と――。すてきでないトランペットのひとふきは、心を狂わすこともあるのですよ、とシェイクスピアは言っているのだ。

彼はトランペットのひとふきの重要性を観客の心に植えつけ、今までのポーシア家の音楽を止め、そこへ、バッサーニオの馬車から響くトランペットの音を舞台に送り、そしてポーシアが絶望の詩を歌うという仕掛けを作っているのだ。

これだけではない。実はポーシアはヴェニスの裁判の場から我が家に帰ってきたとき、声色《こわいろ》まで変わっていた。声までが変わる— 心の乱れでポーシアは声色まで変わっているのですよ！ と彼は語っているのだ。

ポーシアとネリッサが邸の門を入るとき、話し合っている（五—一—九九以下）。

①どんなよいものでも、周囲《まわり》次第。

②ナイチンゲール（夜啼鶯）も、多くの鵞鳥《がちょう》どもが歌っている中で歌えば、みそさざい（鳥の一種）並みの歌い手。

すなわち、全てのものは周囲の影響を受けるもの、ナイチンゲールでもみそさざいみたいな声を出すことだってある、要は鳥の鳴き声だって周囲次第で変わるものだ、と言っているのだ。

前日までは美しい声だったが、今じゃ悪い声を出すようになってしまった。ということは、周囲《まわり》が悪いのですよ。今度、ポーシアの夫になったバッサーニオ（悪党の手先）のおかげで、声まで悪くなったのですよ、と観客に教えているのだ。

ポーシアは現実にも声色が変化したのだ。心に重くのしかかる不安、恐怖は、表情も声も全てを一瞬にして変える力を持っている。

ロレンゾは、ポーシアがまもなく帰宅するという連絡をステファーノから受けて、お迎えのために楽士たちに曲を命じているのだ。だからポーシアの帰宅を待っていたのだ（五－一－四九以下）。

しかし、シェイクスピアは、帰宅を待っていたロレンゾとジェシカ夫婦を一瞬、眠っていたことにしている。ポーシアが二人の姿を見て、「――起しても起きそうにない」（五－一－一一〇）と言っているからには、眠っていたのだ。

随分と変な話である。二人は楽士たちに曲を命じたり、二人で語り合ったり、大忙しのはずである。寝込むなんざ、失礼千万を通り越している。

しかしシェイクスピアは、ロレンゾは眠っていなければならない、と判断しているのだ。眠って眼を閉じている。すなわち、眼でポーシアを確認できない状態をシェイクスピアは作りたかったのだ。

ポーシアとネリッサの話し声を眠りながら聞いたロレンゾは、次のように言う。

「ポーシアさんの声だ、空耳じゃない」（岩波版）

「あれはきっとポーシャの声だ、まちがいない」（研究社版）

いずれの訳文も、「ポーシアの声である、間違いない」という意味では同一歩調である。念のため英文を記す。

That is the voice, or I am much deceived, of Portia.

右の英文を語順も変えないで直訳してみよう。

「あれは声だ。それとも、どちかというと聞き間違い。ポーシアの」となる。「deceive」という単語は、欺く、だます、惑わす、思い違いをする、誤解している、（古語では）陥れる、わなにかける……。

私には、「ポーシアの声、それとも、どちかというと思い違いか」という一文のように見える。前記訳文は「間違いなくポーシアの声」であるが、英文を直視すれば、「どっちかといえば、聞き間違い」、すなわち「ポーシアさんの声じゃなさそう」とロレンゾは言っているのだ。私の理解が万が一にも間違っていたら、具体的に批判していただきたい。

このロレンゾの「ポーシアさんの声じゃなさそう」という科白を聞いたからこそ、ポーシアは次のように言っているのだ。

一応、訳文を記載しよう。

「ロンレゾったら、声の悪いのでわかったらしいのね、まるで盲目《めくら》が郭公鳥《かっこうどり》を聞き分けるみたいに」（岩波版）

「おやロレンゾーにわかってしまった、目が見えなくたってカッコーの声は聞き分けられる、わたしってそんなひどい声かしら」（研究社版）

英文は、

He knows me as the blind man knows the cuckoo, By the bad voice.

直訳すれば、

「彼は盲目の人として、私をカッコーと思っている。その悪い声のせいで」

ロレンゾは寝ていたのだ。目をつぶっているからポーシアの姿は見えない。声だけで判断しているのだ。私の声が悪いので、私をカッコーと思っている――という意味なのだ。

ポーシアは、「この私を、私の悪い声のために、ポーシアじゃなくてカッコーと勘違いしているのだわ。カッコーみたいな悪い声を私が発していたので」と言っているのだ。「私ったら声が変わったので、カッコーに間違えられちゃった」と言っているのだ。

そうではないのか？　英文を直視する限り、そのようにならざるを得ない。

シェイクスピアはわざわざロレンゾを眠らせているのだ。どうしてもポーシアの悪くなった声を聞かせたいのだ。絶望の詩の前に「ポーシアは声まで変わったのだよ！」とロンドンっ子に教えているのだ。

「カッコー」、これは、どんな意味か。良い意味であるはずがない。悪い声のおかげでカッコーと思われてしまった、と言っているのだから。

辞書（『岩波新英和辞典』p312）には、「1 かっこう、2 その鳴き声、3 馬鹿、間抜け」とある。ポーシアが鳥になるはずはないから、「馬鹿、間抜け」の意味で使われているのであろう。ポーシアは「私って馬鹿なんだ、間抜けさんだったのよ！」と自嘲《じちょう》しているのだ。

この悲しみを読まねばならない。シェイクスピアはポーシアの悲しみの声を引き出すために、ロレンゾに眠ってもらったのだ。

「とんでもない間抜けだったんだわ。だって、ロレンゾまでが私の声を聞いてカッコーと思ったのだ！」という自嘲である。自分で自分の馬鹿さ加減を、悲しみを込めて笑っている。

とはいっても、心にはまだ、いくばくかのゆとりがある。

例えば、貴方が遊びほうけて借金だらけの生活をしているとしよう。そして貴方は道を歩いている。向こうから犬がやって来る。どういうわけか（？）犬も貴方に対し尊敬の念を持っていないように感じる。きっと貴方は次のようにつぶやくであろう。

「――おお、俺様もとんでもない借金野郎だよ、犬のやつまでが俺のことを間抜け野郎と言いやがる……なんてことだ！　バーのA子ちゃんに色男とおだてられて、いい気にバー通い、今日も一万、昨日は二万、あきれはてたる間抜け野郎の馬鹿野郎……」と言いながら、きっと口元には冷たい笑いがあるだろう。

しかし、そのとき、債権者が借用書を持って「おい、期限は今日までだ、借金返せ！」と追いかけてきたとしよう。貴方は自嘲するだろうか？　自嘲するゆとりはない。「ああ、地獄だ！」と真の絶叫を上げるだろう。

自嘲から真の絶叫へ。心の中にあった、わずかばかりのゆとりが消えさる瞬間を、シェイクスピアが描かないはずはない。

ポーシアが自分を「大馬鹿の間抜け」と自嘲しているところに、バッサーニオの馬車からトランペットの音！　悪魔が目の前に迫ったのだ。

そして、ポーシアは自嘲ではない真の絶望の詩を歌った。「太陽のない昼よ！」と絶望の詩を歌った。恐るべき人間理解者が描いた世界を味わって下さい。

ロレンゾがポーシアの声を聞いて、「ポーシアさんだ、間違いない」などと言うという、とんでもない訳文を人類に読ませることはやめにしてもらいたい。世界遺産の破壊である。

大事なところなので、重複をいとわず、シェイクスピアの仕掛けをもう一度整理してみよう。皆さん、よく読んで下さい。
(1)　ロレンゾが「人間はトランペットのひとふきで嬉しくなることがある」と言う。裏返せば、「トランペットひとふきで人間は悲しみに落ちることもある」という情報を提供する。
(2)　ポーシアとネリッサが語り合う。要は「人間なんて全ては環境次第。周りの状況で人間は変わるもの。鳥の鳴き声だって変わる、人間の声も変わる」という情報を提供する。

(3) ロレンゾを眠らせる。目でポーシアを確認できない状況を作り出す。

(4) ロレンゾはポーシアの声を聞いて、「ポーシアさんかな？ いや、聞き間違いのようだ」と言う。ポーシアの声が変わっていたのだ。

(5) ロレンゾがポーシアの声を聞いて、ポーシアさんの声？ それとも聞き間違い？ と言ったのを聞いたポーシアは「声まで変わったんで、ロレンゾは私がわからなかった……ああ、私は、とんだお馬鹿さんだった。とんだ間抜けだった」と自嘲する。

(6) バッサーニオのトランペットの音が迫る。

(7) ポーシアは絶望の詩を歌う。

以上が、第五幕第一場の七〇～一二六行までの解説である。このような重要な部分に、ちゃんとした解説をしないような人は、シェイクスピアをあと一度、直視し直さねばならない。

重ねて主張する。ロレンゾはポーシアの声を聞き間違えそうになったのである。だから、ポーシアも「私の声が悪いので、私をカッコーと勘違いしている」と嘆いているのだ。

英文そのものを見てもそのように理解されるし、文脈からいってもそのように考えないと、つじつまが全く合わないのだ。

いいですか、皆さん、美女ポーシアは、夫となるべきバッサーニオの帰館の馬車から聞こえるトランペットの調べを聴いて、「絶望の詩」を歌ったのですよ！ ポーシアはバッサーニオの馬車から聞こえる楽の音に「悪魔の心」を感じ取り、絶望の詩を歌ったのですよ！
このポーシアが絶望の詩を歌っているとき、夫となるべきバッサーニオが帰館し、この詩を聞いている。そのときのバッサーニオの科白を書き写しておこう。
「たとえ陽は出なくとも、あなたさえいてくれれば、僕にとっては、地球の向う側と同じように明るい」（岩波版ｐ165）
「太陽が隠れてもあなたさえ出ていてくれたら、いまだって地球の向こう側にいるみたいに明るい」（研究社版ｐ227）
しかし、英文は次のようになっている。

We should hold day with the Antipodes, If you would walk in absence of the sun.

右英文は次のように訳すべきではないだろうか！

「あなたが太陽のない所を歩いていたとしたら、我々は、地球の反対側にいて日光を浴びていることになる」と。前記岩波版、研究社版の訳文は、私には誤訳としか思えない。このような故意による誤読は止めにしてもらいたい。世界遺産の破壊である！

バッサーニオは妻になるべきポーシアに対し、「あなたが日陰にいるということは、我々は日の光を浴びていることになる」と、すなわち「ポーシアの不幸は我々の幸せ」と言っているのだ。

シェイクスピアが言いたかったことは、私の訳文の通りであろう。ヴェニスの商人アントーニオを頂点とする悪党どもが、ポーシアの財産と人格を奪い、黄金への無限の欲望を満たそうとしているという事実を、シェイクスピアは直接的に書き記しているのだ。

そもそも、すべての『ヴェニスの商人』の研究者たちは、ポーシアが裁判の場から帰館する際、亡父の墓に赴き、その亡父を生き返らせ、そして「a holy hermit」（聖なる隠者）として同伴してきたことを否定しているのだ。なぜ、シェイクスピアが書き記したことを否定するのか！

そして亡父はポーシアを救うために復活して、住み慣れた我が家にマスター（主人）として帰ってきたのだ。

第９章　絞首に関する科白など

『ヴェニスの商人』という物語は、惨忍な殺し合い、または権力者間の血で血を洗う闘争というたぐいのものではない。ヴェニスの商人対ユダヤ人シャイロック間の争いを中心的テーマとする物語のようである。

それにしては、「首をくる」、「首つり縄」、「絞首台」、或いは「拷問」といった単語が多すぎるように感じられる。念のため物語の順序に従って抜き出してみたい。

①召使いラーンスロットの科白

ラーンスロットが、シャイロックのもとからバッサーニオのもとへ転職しようとしているところ。ラーンスロットの父親が田舎からわざわざ山鳩料理持参でシャイロックへ御機嫌伺いに来た。しかし、ラーンスロットはバッサーニオ邸への転職を決意している。

ラーンスロットは父親に対し次のように言う。

「……野郎（シャイロックを指す）に手土産やるだなんて、首ッくくり縄でもくれてやった方がええだよ。……その土産物さ、なんだ、バッサーニオの旦那に差上げてくれろよ」（二―二―九二）

父親が持参してきた手土産は、シャイロックにやる必要はない。シャイロックには手土産のかわりに「首ッくくり縄」でもくれてやるがいい、と言っている。

手土産の代わりに「首ッくくり縄」。随分、ラーンスロットもひどいことを言うものだ。たっぷり飯も食わしてくれたシャイロックに対し、「首ッくくり縄」はひどすぎる。

②グラシアーノの科白

「その山犬みたいな根性というのは、きっと狼に宿ってたもんだ、そいつが、人間を食い殺したって廉《かど》で首縊《くく》られてよ、こっそり絞首台から抜け出したその足で、きっと貴様の体内にもぐりこんだにちがいない」（四―一―一三四）

裁判の場で、傍聴席からグラシアーノがシャイロックをののしっているところ。文意は、人間を食い殺した狼が絞り首になった、その惨忍な魂がシャイロックに移り住んでいる、というもの。

この点に関して、岩波版解説（p206）によれば、狼はラテン語でルプス、すなわちロペスに利《き》かせた当て込み台詞だ、との解釈もあるらしい。エリザベス女王暗殺未遂の容疑で、一五九四年六月七日、絞首台に消えたユダヤ系の女王侍医ロデリゴ・ロペスの事件を観客が連想したことは確実である。

同解説は「彼のような職業作家の場合、またその他の作品に表われた社会的事件の利用手口から考えてみても、きわめてありうることだと考えても、まず誤りはあるまい」と記す。『ヴェニスの商人』は、ロペス事件が引き起こしたであろうユダヤ人に対するイギリス民衆の憎悪に悪乗りした作品という一面もあるだろう、という見解は一般的に承認されていることのようである。

③グラシアーノはさらにあおり立てる。

裁判はアントーニオ側に有利に動き出し、シャイロックの財産の半分は国が没収、半分はアントーニオの所有になるような雲行き。

「自分で首縊るお許しでも願うがいいや。だが、それも可哀そうに財産は国庫へ没収というんじゃや、縄一本買う工面もつくまいて。だから、結局は官費で縊られるよりほかあるまいがな」

（四—一—三五六）

シャイロックには首つり縄を買う金も残っていないから、いっそのこと絞首台に昇らせて国の費用で殺したがいい、とグラシアーノが言っているところ。

④グラシアーノはさらに、「首縊り縄なら無代で進呈」（四―一―三七二）と。

⑤最終判決で、シャイロックはキリスト教への改宗まで義務づけられた。そこでグラシアーノは、「洗礼盤の代りに、絞首台《くびくくりだい》へ送ってやるのだが」（四―一―三九四）と言う。キリスト教に改宗するため洗礼を受けねばならないが、いっそのこと絞首台へ送った方が手っ取り早い、と言っている感じである。

以上のとおり、ラーンスロットもグラシアーノも、絞首に関する科白をシャイロックに対して吐いている。

ここまで来れば、ロペス事件を思い出すなと言われても思い出さずにはすまない。

⑥さらに、「拷問」に関する科白も存在する。

バッサーニオが「箱選び」をする直前の心境を述べている場面。ポーシアが、「箱選び」はもう少し後にしたらいいではないか、と言ったのに対する返事（三―二―二四）。

バッサーニオ「このままでは拷問台《ごうもんだい》にのせられているのも同然ですから」

ポーシア「拷問台ですって、バッサーニオさま？　ではあなたの愛の中に、どんな二心が混っているか、白状しておしまいになっては？」

バッサーニオ「二心とはいっても、それは、もしかしてあなたの愛が獲られぬのではないかという醜い疑心暗鬼、ただそれだけです。私の愛に二心などと、それならば、むしろ雪と火とが、仲よく手を握ってゆくことだってできましょう」

と言い逃れる。

ポーシア「ええ、でもそれが拷問台で喋舌ってらっしゃるんじゃありません？　人間、あそこでは、どんなことだって喋舌らされてしまうのですから」

拷問というのは強制的に自白させる手段である。というより、偽りの自白を強制する手段である。バッサーニオの箱選びは、あくまで偶然の結果だけである。一つの結論が強制できるものではない。だから、箱選びの不安の表現としては、拷問台は必ずしも適切ではない。

おそらくシェイクスピアの念頭には、ロペス医師の拷問による自白に対する激しい怒りがあったのだろう。拷問による自白によって絞首台に登らされたロペスに対し、無限の同情、悲しみを感じたのであろう。その鎮魂のために彼は『ヴェニスの商人』を書いたのであろう。見る人が見れば、聞く人が聞けば、シェイクスピアの魂をすぐに読み取ったであろう。彼は、危ない橋、自分の命を賭けた橋を渡ったのである。

反ユダヤ感情の燃え立つ状況の中で、「悪いのはクリスチャンである。ユダヤ人は偏見に基づいた攻撃にさらされた被害者である」という、この物語をこの世に投げ出した彼の気迫と、偉大な作家としての人類に対する責任感に、無限の敬意を持たねばならない。


なお、拷問に関して、他の作家の一文を記しておこう。

ロシアのプーシキン（一七九九―一八三七）の『大尉の娘』の中に次のような一文がある。

「拷問というものは古来、裁判の慣わしとしてすっかり根を張ってしまったので、それを廃止すべき慈悲深い勅令が出てからも、長いあいだ一向に効験がなかったほどである。つまり犯人の自白というものが、その罪証を完全に示すために不可欠のものと考えられていた訳だが、この思想は啻《ただ》に根拠がないのみならず、法律の常識に全く矛盾するものなのである。なぜなら、もし被告の否認がその無罪の証明として認められないのなら、その自白に至っては益々その有罪の証拠とはなり得ぬ筈だからである」（『大尉の娘』神西清訳、岩波文庫、p106）

右の文を要約すれば、「被告が、その犯罪をしていないと否認したとしても、無罪であるとは言い切れないだろう。これと同様に、いやそれ以上に、被告が『私がやりました』という自白が有罪の証拠になるはずがない」という実に手きびしい指摘である。

なお、犯罪に関する最大の小説、ドストエフスキーの『罪と罰』の中にも、自分が犯してもいない老婆殺しをあくまで自分が犯したと主張し続ける人物が登場する。

拷問の有無にかかわらず自白というものが犯罪の証拠としては実にたよりないものであることを、偉大な作家たちは見抜いていたようだ。

もし、芝居の中で高層ビルと飛行機の激突に関する科白が出現すれば、観客の多くは、あの米国の同時多発テロ事件を連想するだろう。もし、難聴と音楽という科白が出現すれば、人々はベートーヴェンのことを思い起こすだろう。もし、屍体の蒸発という科白があれば、クリスチャンの人々はキリストの復活を連想するだろう。

ロンドンっ子は、「ユダヤ人と絞り首」という科白がセットで出現すれば、女王暗殺未遂事件の容疑者ロペス医師を連想したであろう。むしろ全員が連想しただろう。そして、法廷からすごすごと逃げていくシャイロックに対し、「ざまーみやがれ！　ジュウ！　死んじまえ！」と叫んだのだろうか？　或いはそうかもしれない。しかし、十人に三人ぐらいはシェイクスピアの魂を知ったに違いない。

シェイクスピアは絞首台に連行されるロペス医師の姿を見たであろう。或いは無実を訴えるロペス医師の声が、ロンドンっ子の罵声で掻き消えるのを耳にしたであろう。

念のために、ロデリゴ・ロペス事件について略記する。

ロペス医師はポルトガル系のユダヤ人で、一五五九年頃にはロンドンに移住、同七五年にはロンドンのすぐれた医師名簿の筆頭に名を連ね、同七七年にはレスター伯爵家の侍医、同八六年にはエリザベス女王の侍医に任命される。

一五九四年一月、女王毒殺未遂容疑で逮捕。同年六月七日、二人のポルトガル人とともにロンドン・タイバーン刑場にて絞首刑執行。

拷問によってロペス医師は自白したようであるが、暗殺の対象であるエリザベス女王自身は、ロペス医師の犯罪を信じていなかったようである。絞首刑の執行後、女王はロペスの遺品などを家族に返してやり、さらにはロペスの子供に対し奨学金を賜与し続けていたようだ。現時点で事実関係を確定することは相当に困難であるが、エリザベス女王はロペス医師を心から信頼できる友人として遇していたようである。

いずれにせよ、シェイクスピアはこの事件は冤罪《えんざい》であると信じていたのであろう。

『ヴェニスの商人』の中で、ロレンゾが次のように語っている。

「心に音楽を持たぬ人間、美しい音楽の調和にも、たえて心を動かさぬ人間、きっとそれは、謀叛、策謀、掠謀などをやりかねぬ人間なのだ」(五―一―八三)

この科白は必ずしもここになくても劇の進行を妨げるものではない。

右の科白は、裏返せば「心に音楽を持つ人間は謀叛、策謀、掠謀はやらない」とも理解できる。きっとロペス医師は音楽愛好家であったであろう。これは私の推察である。ロペス医師が音楽愛好家であったという確実な証拠を探し出すことが、今後の研究課題の一つである。エリザベス女王は音楽に造詣の深い人だったようだ。だとすれば女王が心の友とさえ思っていたロペス医師も、音楽の好きな人物であったろうという推察は可能であるが、やはりもう少し確実な証拠が欲しい。

シェイクスピアは、シャイロックは被害者であると述べることによって、ユダヤ人医師ロペスも被害者であることを訴えたかったのであろう。ロペス医師を擁護することは、自分の死にさえつながりかねないことであったろう。しかし、自分の眼力だけを信じ、この世のことを書き抜くことを自分の使命と感じていたであろう彼は、自分の想いを書くことを抑えることはできなかった。

よって『ヴェニスの商人』は、まさに、ロペス医師に対するシェイクスピアの鎮魂の詩であったのだ。偏見や予断を排して、自分の眼をもって眼前の世界を見つめたシェイクスピアにとっては、ロペス医師は無実にしか見えなかったのであろう。自分の眼《まなこ》のみを信じたシェイクスピアが、ロペス医師は無実であることを確信したればこそ、自分の危険をおかしてまで、この『ヴェニスの商人』を書いたのであろう。

⑥に記した拷問台に関する科白には、もう一つの意味が隠されている。

バッサーニオのポーシアへの愛の告白は、強制された偽の告白である、とシェイクスピアは言っているのだ。ポーシアの無意識の魂は、バッサーニオの愛の言葉は強制されたもの、真実は愛のためではなく、ポーシアの財産を目当てにしている、愛のためにというのは偽りであり、〝財産泥棒〟が本当の目的であることを感じていたのだ。シェイクスピアはポーシアの魂に言わせている。劇の進行を予言しているところでもあるのだ。

なお、バッサーニオ自身も、ポーシアとの結婚についてアントーニオに明言している。

「……こんどの計画も目的も、すべて君にだけは打明けるつもりだ、つまり、どうしたらこの借金から足が抜けるかということだな」(一―一―一二七)

バッサーニオ自身が、アントーニオからの借金を返済するために、求婚の旅に出ると述べていることを見落としてはならない。この科白に眼を向けない人は、シェイクスピアを読む資格はない。「バッサーニオは、ポーシアに対する愛ゆえに求婚の旅に出たのではない。まさに、ポーシアの財産目当ての求婚であった」と明言しているのですよ!!

シャイロックの召使いラーンスロットが、バッサーニオの召使いに転職するとき、なぜ、あのように苦しんだのか? を考えてもらいたい。

犯罪者集団に身を投じようとしているからこそ、ラーンスロットの良心は痛んだのである。

良心は痛んだが、彼は犯罪者集団側に走り去った。

しかし良心は残っていた。自分の罪を恐れていた。だからこそ彼は父親に、自分のために祈ってくれと頼んだのだ。自分が罪を犯そうとしている。だとすれば罰を受けるだろう。しかしその罰を受けたくないのだ。父親に対し、罰を受けないよう神様に祈ってくれと頼んでいるのだ。

念のため、その際の科白を再度記すこととしよう。

「……まず俺の幸福《しあわせ》から祈ってくれろよ。悪事千里、天網恢々、疎にして漏らさずともいうだからな」（二―二―六九）

このときラーンスロットは、父親の前に土下座してお願いしているのだ。このラーンスロットの姿と言葉を見つめてもらいたい。「悪いことはいずれ明白になる」とラーンスロットは自分の犯罪を認識しているのだが、その罪に対する罰は許してもらいたい、そのために父親に神への祈りをお願いしているのだ。

『ヴェニスの商人』は犯罪の物語なのだ。

きっと皆さんは言うだろう。「犯罪の物語」といえば、あのドストエフスキーの『罪と罰』こそ代表的作品である、と！

私は答える。ドストエフスキーも『罪と罰』の中で、シェイクスピアが書いたのと全く同じことを書いている、と。私はなにもドストエフスキーが『ヴェニスの商人』の真似をした、などと言っているのではない。偉大な作家が人間の魂を見抜いていたことを言いたいのだ。

罪に対し、罪悪感は持っている。しかしながら罰は受けたくない、或いは罪から逃れることを考えている状況。すなわち罪と良心の緊張状態にあるとき、動きがとれそうになく感じるとき、人間は他人を当てにするということ。罪を自分の魂の中に「たたき込む」ことを避けようとするとき、他人に頼んで罰を受けないよう神様に祈ってくれと身勝手な行動をする。このことをシェイクスピアもドストエフスキーも知っていた。そして人類に教えたということに留意したい。

『罪と罰』の主人公ラスコーリニコフは、老婆とその妹(?)を殺し、そして金品を奪った。ただし、その金品は消費もしなかったし、内容さえ確認していない。

しかし、ついにラスコーリニコフは、恋人たる娼婦ソーニャのすすめもあってか(?)自首しようとする。現に自首している。

その自首の直前、母に別れを告げに行く。ラスコーリニコフは母に「遠いところに行きます」と言う。母は息子の犯罪を知っているようである(「知っていた」という科白はないが)。

この世での別れを母に言いに来たとき、ラスコーリニコフは母親に対し次のように言っている。

「……どうか、ひざまずいて、ぼくのために祈ってください。母さんの祈りなら、とどくかもしれません」（『罪と罰』下、工藤精一郎訳、新潮文庫、p429）

彼は自分の罪を母の祈りで解消しようとしている。罪に対する反省は「他人に祈りをお願いする」ことではなく、罪の事実を「自分の魂に打ち込む」ことであるだろうに。ラスコーリニコフは未だ罪の認識を自分のものにしていない。

皆さんは言うに違いない。自首しようとしているのだ、充分反省しているのだ、と。皆さんへの回答は、ドストエフスキーが書いた一文をもって代用することとしよう。

ラスコーリニコフは、恋人ソーニャに対し、

「ぼくはね、ソーニャ、こうするほうが、とくかも知れない、と考えたんだよ」（p442）

この文の意味は「自首した方が刑が軽くなる」ということ。

自首すれば刑が軽くなる。事実であろう。しかし、この心理状態は、真の改悛《かいしゅん》とはへだたりがあるのではないか？

ラスコーリニコフは、ソーニャへの愛、人類への愛、あるいは神に対する愛によって、その後の人生を歩いたのか？　それは『罪と罰』には書かれていない。ドストエフスキーは、ラスコーリニフの心の奥底については、きっと沈黙しているのであろう。ドストエフスキーに『罪と罰』を書かせた衝動は、もう少し怒りに満ちたものであったように私には感じられる（実は

『罪と罰』においても、ドストエフスキーが書いたことが全く読まれていないのだ！）。

私がここで述べたいのは、親に対し、或いは他人に対し、自分のために「神に祈って下さい」と言う段階は、犯罪に赴くとき、或いは犯した罪を認識しながらも罪を自分の魂の中に打ち込んでいない状態である。そして、二人の偉大な作家は、犯罪物語において、まさに「在るべき場所に、この科白を配置した」ということである。だから偉大な作家の作品は、世界遺産として正しく読まねばならないのだ。

訳の分からない議論は抜きにして、正しく読むこと。それが初めであり終わりであること。一行も読まない人間が百万ページの本を書いたとしても、それは文化の破壊であるだけである。人間の愚劣さの証拠としての価値は無限であるが――。

念のために、ラスコーリニコフの母は息子のために祈ったのだろうか？　を見ておこう。母は十字を切って祝福はした。そして母と子は抱き合って泣いた。しかし母は祈らなかった。母と子のこの世での別れの場面である。しかし、ドストエフスキーは母の心の中を直接法では全く語っていない。ドストエフスキーは母の心を知らなかったので書かなかったのか？　そうではない。彼は読者に「考えて下さいよ」と問いかけているのだ。

『罪と罰』の解説の中では「母は祈った」と述べているものがある。しかし、この解説は不当である。母は「祈ったふり」をしただけである。

母は祈ってはくれなかった。しかし、抱き合って一緒に泣いてはくれた。ラーンスロットの父親より、この母はやさしそうである。

ところで『ヴェニスの商人』の中で、シェイクスピアはラーンスロットに「父の倅《せがれ》ではなく母の倅といってもらいたい」という科白を吐かせている。シェイクスピアのすごいところである。

父親は息子のために祈るふりさえしないだけではなく、「息子である」ことさえ三回も拒否している。ラーンスロットは、母親なら子供に甘いから祈ってくれるかもしれないと思っていたのだ。だから「父の倅ではなく母の倅といってもらいたい」と言ったのだ。

私は、犯罪物語の中で、二人の偉大な作家が正確に人間の魂を語っていることに敬服する。私の想像であるが、『罪と罰』のこの部分は、『ヴェニスの商人』にヒントを得たものと考えている（ドストエフスキーはシェイクスピア作品の愛読者であった）。ドストエフスキーはきっと、『ヴェニスの商人』を正しく読んでいたのであろう。敬服の限りである。

＊エリザベス一世の暗殺未遂事件で死刑に処せられたロデリゴ・ロペス医師に関しては、上坪正徳氏の論文「ロデリゴ・ロペス——エリザベス一世のユダヤ人侍医」（一九九三年）などを参考にさせていただいた。深謝。福岡県立図書館経由で国会図書館からこの論文のコピーを送付していただいた。

第10章 限りない欲望

この物語の冒頭は、ヴェニスの商人アントーニオがふさぎの虫にとりつかれている場面であった。約百行の科白は全てアントーニオの憂愁に関するものであった。世間話ではない。アントーニオの憂愁以外の科白は存在しないのだから。

さて、その憂愁はどうなったのだろうか？

ラーンスロットをシャイロック邸からバッサーニオ邸に転職させ、シャイロックの金銀財宝を盗み出すことに成功した。これだけでも充分な収穫である。この集団的な共同謀議による窃盗が終了した時点で、アントーニオの心は晴れたのか？

右の窃盗事件が終了すると同時に、バッサーニオの乗る船――ポーシアへの手土産を満載し、そして、口八丁の出まかせ男のグラシアーノを乗せた船が、ヴェニスの港を離れようとしている。

このときアントーニオは、グラシアーノに対し、自分の持ち船は「早く帰ってくる必要はない」、「その時機の熟すのを待て」と命令した。

このときのアントーニオについて、ソレイニオは「あの男というのは、バッサーニオあってこそ、生甲斐を感じてるというんじゃないかな。ねえ、君、一つ彼を探し出して、鬱屈《うっくつ》した気持を晴らしてやろうじゃないか、なにか愉快な趣向でね」と述べている（二―八―五〇）。

一見すると、アントーニオがバッサーニオとの別れのつらさに打ちひしがれているようにも感じられる。

しかし、考えてみてもらいたい。アントーニオはバッサーニオと別れの握手をしながらも、顔は別の方向を向いているのだ。すでに述べたように、グラシアーノに「持ち船は時が熟すまで帰港させるな！」と命令しているところなのだ。アントーニオにとってバッサーニオは、ポーシアの財産を手に入れるための道具にしか過ぎないのである。

シャイロックの金銭財宝を盗み出したぐらいでは、アントーニオの憂愁はおさまらないのだ。だから、彼はソレイニオが言うように、心が晴れていないのだ。アントーニオのふさぎの虫は当然にそのままである。

三千ダカットは返さないでよくなった。そして、シャイロックの死亡後、全財産はジェシカ夫婦のものになるという判決が下されたのだ。さらに、シャイロックはキリスト教への改宗を命じられた。シャイロックの全財産と人格をヴェニスの商人が奪ったのだ。

判決が下されたのではない。アントーニオがこのような判決を希望し、領主もアントーニオの希望どおりの判決を下したのである。

さらにはポーシアは、アントーニオと手を握り合うことを申し出た。ひとことで言えば、かのポーシアはアントーニオの軍門に下ったのである。ポーシアの悲しみやいかに！　ポーシアがアントーニオの軍門に下った次の瞬間、アントーニオはバッサーニオに、ポーシアから貰った婚約指輪（ポーシアの人格そのものの象徴である）を法学博士のにわか裁判官（実はポーシアの変装ではあるが）に贈ることを命じた。バッサーニオは全く異議を述べないで、アントーニオの命令に従った。

ポーシア邸において、ポーシアはヴェニスの商人アントーニオに対し「ほんとうに大変だったんですってね？」と問いかける。

これに対するアントーニオの返答がなかなかのものである。

「なに、それほどじゃ。もう片づいちまったんだから」（五－一－一三八）

研究社版（p229）は、

「いや忘れて下さい、かけたのは無事戻りましたから」

英文は、

No more than I am well acquitted of.

「acquit」は、無罪にする、放免する、免除する、(負債などを) 支払う、という言葉のようだ。acquit の名詞 acquittance は「債務免除、負債返済、債務消滅証書」という意味。

三千ダカットの借金返済の義務もなくなり、シャイロックの全財産は、シャイロックの死亡後はジェシカ夫婦のものになるという、恐るべき成果をあげたにもかかわらず、「かけたのは無事戻りました」だけ。或いは、「もう片づいちまったんだから」と述べる神経は、どのようなものなのか？

本来なら借金問題で自分の生命すら危険に陥っていたのだ。せめて、「ああ、良かった。何かも片がついた。今夜の酒はうまいぞ！」といったふうな科白が出現しそうなものである。三千ダカットという借金の返済義務がなくなっただけでも、大喜びするのが通常人の神経である。

しかし、どこを見ても、アントーニオの「うまくいった、これでひと安心」という科白は存在しない。満足したという趣旨の科白が存在しない。これだけの成果を勝ち取ったのに、当然の結果、とうそぶいている感じである。

もし貴方が、命さえ失いかねないという危険に陥っていたとしよう。ところが、命を失うどころか十億円が舞い込んできたとしよう。貴方は何らかの感動を表現しないだろうか？

詐欺で十億円を手にした。それにもかかわらず、「一件落着しただけ、それ以上のものではない」と言う人間がいたとしたら、貴方は「なんという人間なのか？」と思わないだろうか？

思わないとすれば、貴方も一種の怪物である。

アントーニオはこのような人間なんですよ！　とシェイクスピアは言っているのだ。満足することのない欲望を持った人間なのだ。

だからポーシアは絶望し、ジェシカも絶望したのだ。

この物語はグラシアーノの科白で終わる。新婚の夜を前にした科白。

「さて、このネリッサの指輪、無事に守れるか、それだけがただ心配さ」（五―一―三〇七）

物語はアントーニオの科白で始まった。だとすれば最後は、女主人公たるポーシアの科白で終わってもおかしくない。しかし、ポーシアの喜びの声は全くない。ポーシアは自分の行く末を見ているのだ！

数年後、ポーシアの財産を取り上げたアントーニオは、バッサーニオを他の大富豪の女のところへ行かせるだろう。そして、アントーニオは言うだろう。

「このポーシアは、なかなかのべっぴんだね。どこかの女郎屋に売りとばせ。バッサーニオ、そして、このポーシアに慈悲を示さねばならないぞ！」

「慈悲？　どんな慈悲を？」とバッサーニオ。アントーニオは言うだろう。

「この女は女郎屋で一番の売れっ子になるだろう。月に三十ダカットぐらい稼ぐに違いない。月末には女郎屋に行って、いいか、バッサーニオ、その月の稼ぎを一銭残らず取り上げるのだ。

それが人間の心というものだ！　慈悲の心なのだ。あわれな人間は、自分の生き血をすする人間にさえ心ひかれるようになるものだ。慈悲の心とはこういうものなのだ。一ダカットだってポーシアに持たせてはならぬぞ！　全てを吸い上げるのだ！　慈悲の心！　いいか。そして、ポーシアを甘やかしてはならないぞ。毎月の稼ぎに眼を配るのだ。今月が三十ダカットだったら、次の月は三十一ダカットでなければならぬ。もし稼ぎが減ったときには、徹底的に痛めつけるのだ。商売にさしつかえない程度にたたきのめすのだ。それが慈悲なのだ。そうすれば、ポーシアはお前を神と思うようになる。希望のない人間は、自分をいじめ抜く人間を神と錯覚するものだぞ！　お前はポーシアの神になるのだ。そのうちに、ポーシアはお前から、神から愛されていると錯覚するのだ。錯覚しなければ生きていけないようにしてしまうのだ。お前が毎月集金に行くための旅費・日当もポーシアに払わせねばならぬぞ！　それが愛なのだ。それが慈悲というものだぞ！」と。

皆さんは、作り話をするにもほどがあると拒絶反応を示すだろう。しかし、シェイクスピアはこの程度のことは予想したであろう。

皆さん、アントーニオがシャイロックに下した判決を味わってもらいたい。公爵はシャイロックの現在の財産（半分は国庫、半分はアントーニオへ）のことしか考えなかった。

しかしアントーニオは、シャイロックが死亡したときの全財産を自分の支配下におこうと思った。さらにはユダヤの神を信じることさえ禁止した。シャイロックの魂の自由さえも奪ったのである。シャイロックの経済活動の全て、精神活動の全てを奪ったのである。このアントーニオはポーシアを女郎屋に売り飛ばすことだけで満足するはずがない。生きている限り、全てを奪うはずである。これがアントーニオの言う「慈悲」なのだ。慈悲と愛の言葉を語りながら、右のようなことを実行するのが、ヴェニスの商人の心なのである。

ポーシアはこの行末を知ったのだ。だから、ついに新婚の夜を迎える喜びの詩は歌わなかったのである。

さて、ここで、アントーニオとシャイロックの妻リアとの間の子供ジェシカにも触れておこう。

ポーシア邸において、アントーニオとジェシカは顔を合わせる機会はあったであろう。しかし、両者が言葉を交わす場面は存在しない。

シャイロックの全財産はいずれジェシカ夫婦のものになることは決定している。常識的に考えれば、アントーニオ破産の噂をばらまき、さらには偽りの船乗り、偽りの債権者たちを作り上げ、シャイロックの金主たるテュバルにアントーニオの持ち船の難破を信じ込ませたグラシアーノにも、いくばくかの報酬は与えてもおかしくはないだろう。

なぜ、シャイロックの全財産がジェシカ夫婦のものになる、という判決をアントーニオは望んだのだろうか？

我が子ジェシカに愛情を持っていたからか？　しかし、アントーニオの心を占めているのは無限の黄金信仰だけである。血のつながっているジェシカ夫妻に全財産を取得させるのが安全だ、とアントーニオは考えたのであろう。アントーニオは自分の子供すら、愛情の対象としてではなく、窃盗の実行者そして黄金の管理者と見なしているのである。

しかし、ジェシカはすでに自分の父親であるアントーニオに絶望していた。アントーニオの不倫の結果、自分を生んでくれた母リアに対し愛情を持っていたからこそ、リアがシャイロックに贈った指輪を盗み出して、身に着けていたのだ。しかし、この母に絶望したからこそ、その指輪を猿一匹と交換してしまったのだ。

それかといって、今さらシャイロックのもとに帰るわけにはいかない。しかし、ジェシカはアントーニオを避けるようにして過ごしていたのであろう。だから、アントーニオとジェシカの会話が存在しないのだ。

ジェシカは夫であるロレンゾに対し、「好きだなんて誓言の百万陀羅《ひやくまんだら》並べ立て、とうとう女の心を盗んじまったのも、しかも、言ったことはみんな嘘っぱちでね」と述べている（五−一の相聞歌の一節。p157）。きっと彼女はロレンゾと別れ、シャイロックの許に戻る以外の道はないだろう。

そして、そのジェシカに対し、神のごとく尊いシャイロックは、「いとしいジェシカ！　ここで心正しく生きていくのだ！　荒野に立ったことのある者を神は罰さない！」と言うに違いない。

ヴェニスの商人アントーニオは、第一幕第一場において、「心に満足感を持たない」人間として我々の前に現れた。そして、借金という名目で三千ダカットをシャイロックから入手した。次いでシャイロックの財宝を盗み、裁判において三千ダカットの借金弁済を免れ、シャイロックの全財産とシャイロックの宗教——すなわちシャイロックの魂の自由——までも奪った。だがアントーニオは、何らの満足感も示さない。彼は永遠に黄金を求め続け、そして他者の人格をも奪い続けるであろう。「足りることを知らない悪魔」として、今もこの世に生き続けている。

終　章　正しい人間の復活

この物語についての考察を終えるに際し、念のため次の項目をもって総括とすることとしたい。

1　物語のまとめ
2　謎の恋の歌
3　ポーシアの父は生き返った
4　偏見について

いや、シェイクスピアはとんでもない「どんでん返し」をしたのだ。正しく読む人だけに、すばらしいプレゼントを準備してくれている。

1　物語のまとめ

アントーニオはヴェニスの町で最高の力を持った人間である。形式的には領主公爵が君臨しているようであるが、裁判における判決ですらアントーニオの意向によって変更される状況である。アントーニオの貿易による黄金の蓄積がその力の源であろう。封建的領主の権力はアントーニオらの黄金の上で、やっとその形骸《けいがい》を保持している感じである。

アントーニオは、裁判すら自分の思いどおりになるとの自信を持っていたのであろう。だからこそシャイロックに裁判を提起させ、判決という形で、シャイロックが現在持っている財産のみならず、死亡時の全財産が、自分の娘であるジェシカ夫婦のものになることを確実にしたかったのである。裁判という公明正大な手続きによって、シャイロックの財産と精神の自由を奪ったのである。キリスト教に改宗させることは、シャイロックの魂を奪う行為である。一応、公明正大らしく見える裁判における判決であれば、誰も文句は言えない。

アントーニオは、目の前の利益を手に入れて満足する人間ではない。無限の欲望、無限の黄金信仰に生きる人間である。

アントーニオの経済活動についての考え方は、アントーニオ自身が述べている。

「僕の投資は、船一艘にかかってるわけでもなければ、ただ一つ場所にかかってるわけでもない。今年一年の運不運だけで、まるまる全財産がどうなるってもんじゃない」（一―一―四一）経済活動についての視野は世界規模であり、時間的にも長い。彼は時間をかけて全てを手に入れる恐るべき人間である。

（一）まずアントーニオが実行したことは、シャイロックの妻との不倫。その結果ジェシカが生まれた。シャイロックはジェシカを自分の娘として育ててきている。シャイロックは自分の子でないことを知っている。いつ気付いたのか、その時期は不明（以上のことは物語の表面には現れない。ハムレットが、母ガードルードと現在の王クローディアス間の不義の子供であることが、表面には現れていない状況と同じ手法。右の各事実は、劇の進行につれて色々な間接事実で明確化するよう構成されている）。

（二）アントーニオはバッサーニオに長年にわたり金を貸し続けている。いずれは何十倍にもなって返ってくることを予期しているのだ。バッサーニオはアントーニオに対する多額の借金の返済の必要性に迫られている。

　バッサーニオは「学者で、軍人だが」という触れ込みで、某侯爵のお供でポーシア邸に行ったことがある（ポーシアの侍女ネリッサの言。一―二―八五）。きっと美男子でそれなりの教養も身につけていたのであろう。アントーニオは、「こいつは使いものになる」と思っていたればこそ、惜しげもなく金を貸し続けていたのである。美女ポーシアはバッサーニオに心ひかれていた。そして、紳士の中の紳士であると思い込んでいた（裁判の場に出る前までは）。

（三）バッサーニオは、アントーニオへの借金を返済するためには、大遺産を相続したポーシアの婿になるのが得策であると考えた。前述したように、バッサーニオは「金が目当てである」旨を明言しているのですよ！

しかし、箱選びの求婚をするためには、王侯貴族並みの手土産ぐらいは持参しなければならない。その金を貸してくれとアントーニオに申し込むが、アントーニオは手持ちの金がないから誰からか借りてこい、自分が借主になってやるから、と言う。

そこでバッサーニオはシャイロックに借金の申し込みをする。シャイロックは、アントーニオが借主なら三千ダカット貸してやると言う。

借用書を作るに先立ち、アントーニオは「今までどおり、お前を侮辱もすれば営業妨害もする。人前でお前を叩くことだって今までどおりにやる。だから遠慮せずに、違約のとき（期限までに三千ダカットを返さなかったとき）の罰則を借用書に記入するように」シャイロックにしむける。シャイロックも「万がいち、返済が遅れたら、アントーニオの命がもらえる。そうなれば妻リアと不貞を働いたネズミ（アントーニオ）に復讐ができるかもしれないぞ！」

と思ったのであろう。現に、アントーニオの船が難破したという確実な情報を金主のテュバルから聞いたとき、シャイロックは「吉報だぞ」と狂喜している（三―一―八一）。

こうして、違約のときは「肉一ポンド」（実質的にはお命頂戴）という、世にも不思議な借用書が出来上がった。アントーニオとしては、裁判になれば、「自分が勝訴する」という自信を持っていたからこそ、このような借用書を作らせたのである。

こうして三千ダカットの金がバッサーニオのふところに入った。

（四）アントーニオは、三千ダカットをシャイロックから取り上げる（表面的には借入金であるが）ことに成功すると同時進行的に、シャイロックの召使いをバッサーニオ邸に転職させた。バッサーニオがシャイロックを夕食に招待（共同謀議による）した際、ジェシカの窃盗を阻止する者がいないようにとの計画である。召使いのラーンスロットは、「またとないようなお仕着せ（金ぴかの制服であろう）」の誘惑にかられ、悪魔（アントーニオ）の指示で転職した。

ジェシカは誰に気兼ねすることもなく、シャイロックの金銀財宝をふところに入れ、ロレンゾと駆け落ちする（実質的には集団窃盗）。アントーニオはシャイロックの財産の一部を取り上げることに成功した。

（五）バッサーニオの船に、嘘つきとだましの天才グラシアーノを乗船させる。難破の噂をふりまき、さらには難破船の乗船員、またはアントーニオの債権者らを作り上げ、そして持ち船に「早く帰港するな」、「時機を待て」との指令を伝えるためである。

アントーニオは、バッサーニオと握手しながらも、顔は他所《よそ》を向いていた。アントーニオはグラシアーノに命令を出しているのだ。右の「早まるな」、「時機を待て」はグラシアーノに対する科白である。

そのことをバッサーニオは知っているからこそ、ポーシア邸に着くやいなや、ポーシアが「もうしばらくお待ち下さい」と言ったにもかかわらず、早々と箱選びをしてしまう。そして、うまい具合に箱選びに成功する。

（六）ポーシアは法学博士に変装し、人肉裁判を取り仕切る。しかし、シャイロックとアントーニオを見比べたとき、両者の内、どちらが悪党なのか見分けがつかなかった。だから「どちらが商人で、どちらがユダヤ人でございます？」と尋ねた。

アントーニオに「慈悲の心を示せ！」とポーシアは言う。アントーニオの慈悲は、シャイロックの全財産と精神の全てを奪うという、まさに悪魔の心であった。

ポーシアは、父の遺言で定められた箱選びの賭けを引き当てたバッサーニオとの結婚は避けられないと思ったのだろうか。いずれにせよ、アントーニオと争うことはしないでおこう、と決断したようだ。そこで、アントーニオに「手袋を下さい。貴方のために、その手袋をはめます」（仲良くしましょう。そして、アントーニオに合わせます――という趣旨）と言う。

次に、ポーシアはバッサーニオの心を試すためであろう、自分が贈った指輪を下さい、と言う。ポーシアを法学博士と思い込んでいるバッサーニオは「妻からもらったものだから、これだけはやれない」と拒否する。

その直後、アントーニオがバッサーニオに対し、「裁判でお世話になったのだから、差し上げたら――」と言う。バッサーニオは全く何の反論もせねまま、指輪を法学博士にやってしまう。

ポーシアは絶望する。アントーニオの命令であれば、いずれバッサーニオは自分のもとを離れていくであろうことを確信する。だから絶望したのである。

邸に一足先に帰ったポーシアは、バッサーニオの帰宅のトランペットを聞いたとき、絶望の詩を歌う。

（七）第五幕では、ポーシア邸に悪の帝王アントーニオ、嘘つき詐欺師のグラシアーノたちも集合している。

アントーニオは三千ダカットの借金払いも免れ、シャイロックの物質的・精神的全てのものを奪い取ったにもかかわらず、「……もう片づいちまったんだから」（五―一―一三八）と言うだけ。満足したという趣旨の科白がない。

彼は、シャイロックの全てを奪い取ったことで満足はしていない。今からポーシアの財産と精神の全てを奪うという仕事が始まっているのだ。それが済んだら、また次の仕事に走るのだ。足ることを知らない人間なのだ。二十一世紀も、そのような人間の群が、この世の上に君臨しているかもしれない。


第五幕において、ポーシアは喜びの詩を歌わない。

さて、ポーシアはどうするつもりなのか？

第五幕の冒頭に、ジェシカとロレンゾの相聞歌《そうもんか》が存在する。シェイクスピアがこの物語の真相を暗示しているようだ。

いや、ポーシアは亡父に「箱選びによる結婚」という遺言を取り消してもらいたかったのであろう。そのためには亡父に生き返ってもらわねばならない。そして、住み慣れた我が家に亡父が帰ってきたのだ。

シェイクスピアはロンドンっ子に「心配いりません。ポーシアはバッサーニオとは結婚しない。イエスが人類救済のために復活されたように、ポーシアの父はポーシアを救うためにこの世に帰ってきました。もう安心です。ヴェニスの商人の悪は滅びますよ！」と言いながら、この物語をしめくくったのである。

2　謎の恋の歌

第五幕第一場の冒頭において、ジェシカ（表面的にはシャイロックの娘。実際はシャイロックの妻とアントーニオ間の不義による娘）とその恋人ロレンゾが交互に四つずつの科白を述べる。八つの科白が並び、次にあげる⑴〜⑺には「こんな夜だった」という同一の言葉が付いているので、一見、恋の相聞歌のようにも見える。

⑷〜⑺はロレンゾとジェシカの関係を述べた歌で、⑻はジェシカの科白だが、歌という感じはない。念のため⑴ないし⑻と分けて記載し、それぞれに簡単な内容の意味らしきものを記してみよう。

⑴　ロレンゾの歌

「きれいな月だ。きっとこんな晩だったろう。爽やかな風が、音もたてずに、そっと樹立《こだち》に接吻《くちづけ》して過ぎる。そうだ、きっとこんな晩だった、あのトロイロスがトロイアの城壁に立って、切ない心の溜息を、クリュセイスの眠るギリシャ軍の陣営に送ったのは」

トロイアの王子トロイロスが、トロイア戦争のとき、その愛人クリュセイスが敵ギリシャ人の手に渡ったのを悲しみ、ついに勇士アキレウスと戦って殺された（岩波版注解p190）ことに関する歌らしい。男が恋人を奪われたのを悲しみ、奪った側の人と争って殺されたということだろうか？　男と女の離別の歌だ。

なお、シェイクスピアにも『トロイラスとクレシダ』（小田島雄志訳、白水社）という劇がある。一読してみたが、『ヴェニスの商人』との関連性はない。なお、この『トロイラスとクレシダ』も全シェイクスピア研究者は読んでいないのではなかろうか？　というのは、この「物語の筋」を誰も語らないからだ。

(2)　ジェシカの歌

「こんな晩よ、きっと、おそるおそるティスベが夜露を踏んで往った、そして、恋人の姿の見えぬ前に、獅子《しし》の影におびえて、驚いて逃げてしまったのも」

バビロンの少女ティスベは恋人ピュラモスと郊外での密会を約束した。ティスベがその場所に行ったところ、血に塗れた獅子が現れたのでびっくりして逃げた。遅れて来たピュラモスは、ティスベが落とした血のついたベールを見て殺されたと誤信して、自殺した。やがて戻ってきたティベスもその後を追った（岩波版注解p190）。

ちょっとした勘違いが原因で恋人たちが死に至る悲劇のようである。『ヴェニスの商人』とどのような意味的関連があるのか？　この歌も、男と女が一緒にはなれないというもの。

(3)　ロレンゾの歌

「こんな晩だった。あの女王ディドーが荒海の岸辺に立ち、柳の小枝を手に、別れの恋人をいま一度、カルタゴへとさし招いたのも」

カルタゴの女王ディドーが、この国に漂着した勇士アイネアスと恋に落ちる。ところが、アイネアスが神命によってカルタゴを去ったので、悲しみのあまり自殺したという伝説（岩波版注解p190）。この歌でも、男と女は結ばれない。

(4) ジェシカの歌

「こんな晩よ、きっと、あのメディアが、老いたアイソンを若返らせるために、魔法の薬草を集めて歩いたのも」

メディアというのはコルコスという国の王女。この国には黄金の羊毛という秘宝があり、数多くの勇士がそれを求めに赴いたが、秘宝を守る怪物に立ち打ちできなかった。ギリシャの英雄ヤーソンも秘宝を求めて赴いたが、王女メディアの助けにより秘宝を手に入れることができたし、王女メディアと結婚した。

ヤーソンは王女メディアを伴って祖国ギリシャに渡った。メディアは魔法（薬草か？）で夫の父親を若返らせた（岩波版注解p190）ということらしい。

しかし、王女メディアはヤーソンに棄てられると、ヤーソンの新しい花嫁とその父親を焼き殺し、ヤーソンとの間の二人の子供も復讐のため殺した（研究社版補注p262）。

この伝説のうち、魔法の薬草の部分だけをジェシカが歌っているものらしい。『ヴェニスの商人』の話の筋とどのように関係するのだろうか？

(5)　ロレンゾの歌

「こんな晩だった、あの娘ジェシカが、ジュウの金持親父から逃げ出して、碌《ろく》でもない恋人と、ヴェニスからベルモントくんだりまで逃げてきたのも」

(6)　ジェシカの歌

こんな晩だったわ、ロレンゾっていう若僧が、好きだなんて誓言の百万陀羅《ひやくまんだら》並べ立て、とうとう女の心を盗んじまったのも、しかも、言ったことはみんな嘘っぱちでね。

(7)　ロレンゾの歌

こんな晩だった、可愛いったらない、そのジェシカが、じゃじゃ馬気取りで、さんざ男の悪口を吐いてさ、男が黙って聴いてたのも。

(8)　ジェシカの歌

晩づくしの言いっくらなら、絶対に私負けないけど。ほら、誰か来たわ。ねえ、足音が聞える。

（この直後、ポーシアたちがヴェニスの裁判の場から帰ってくる）

この八つの歌（正確には七つの歌）は、正確に言えばロレンゾとジェシカの真実の科白ではない。勿論、二人が舞台の上で述べるのであるから科白ではあるが、シェイクスピアが物語の内容を観客に解説している場面である。例えば『ハムレット』におけるオフィーリアの死の直前の長い科白の後半部分と同じ性質のものである。

(1)〜(4)の歌は、いずれもチョーサーの作品に登場するもののようだ。シェイクスピアはその作品群を読んでいただろうが、グローブ座に来るロンドンっ子がその物語の内容を知っていたという保証はない。

こう考えてくると、この四つの歌をチョーサーの作品、またはその作品がよりどころにしたギリシャ神話などの内容をもって理解するという手法は避けるべきではないかと思えてくる。やはり、(1)〜(4)の歌のみを注視するのが正しい理解である。

この観点から科白に注目してみよう。

(1)の歌は、男性が遠い国に行ってしまった女性に恋の溜め息を送るという内容。

(2)の歌は、女性が雄のライオンが現れる前に、そのライオンの影に怯えて逃げ出してしまったという内容。

(3)の歌は、女性が男性に向かって戻ってきてくれと訴えている内容。

(4)の歌は、女性が魔法の薬草で老人を若返らせるという内容。

(1)〜(3)の歌は、男性と女性は幸福をつかまないという内容で一致している。もし、(1)〜(3)がポーシアの将来と何らかの関連があるとすれば、ポーシアはバッサーニオと結婚はしない、という予告であると見なければならない。

(4)の歌が分からない。女性が老人を若返らせた歌。念のために英文を記す。

Medea gatherèd the enchanted herbs That did renew old Aeson.

直訳すれば、「メディア（女性）は魔法の草を集めた。それは老いたアイソンを若返らせた」。『ヴェニスの商人』には老人は現れない。シャイロックもアントーニオも壮年である。仮に捜すとすれば、ポーシアの死亡した父親ぐらいであろうか？「renew」は「若返らせる」、「復活させる」または「新しいものに作りかえる」という意味の単語のようだ。ポーシアは魔法を使って父親を復活させるのだ。

(5)〜(7)は、ジェシカの現実。だまされてシャイロックの財宝を盗み出しベルモントに流れ着いて、夫のロレンゾに「よくもだましたね！」と食ってかかっている、という事実を示している。私がすでに述べた「恋ではなく」、「集団窃盗」という真実を歌っているのだ。だとすれば、(1)〜(4)はポーシアの現実を示していないはずはない。ポーシアは、バッサーニオから逃げようと思っているのだ。

ポーシアの父は「どうせ人間似たりよったり、人間すべて同じ」という視野に基づいていて、娘の婿は誰でも同じと考えたからこそ、箱選びの賭けにまかせてしまったのであった。しかし、その考えは立派であるが、あまりにも現実ばなれしていた。その結果、無限の黄金信仰だけを持つ非情なアントーニオの乾分《こぶん》のバッサーニオが婿になってしまった。

ポーシアはこの父に対し、「箱選びの賭けによる婿選び」という遺言を書き換えてもらう必要があると考えた。だとすれば、死んだ父に生き返ってもらい、遺言を取り消してもらわなければならない。

このように考えない限り、(4)の歌の存在理由がない。シェイクスピアが意味不明な科白を並べるときは、謎かけ謎解きの場面である。

3　ポーシアの父は生き返った

研究者は言うだろう。

「ポーシアの父親が生き返る？　とんでもない、天下のシェイクスピアがそんなことを書くはずがない。シェイクスピアを読んだことのない素人《しろうと》は、文学を知らない素人は、思いつきで、とんでもないことを言い出すものだ。これだから素人は扱いにくい」と。

私はシェイクスピアが書いていることを、そのまま読むだけである。

『ヴェニスの商人』の最終幕の冒頭をかざるこの(1)〜(7)の詩を、意味を持たないと考えるのは失当ではないのか？　それを直視しないでいいのか？　人々はこの詩を直視していないようだ。

例えば、

「月光の中、『夜づくし』で睦み合う二人の恋人たちは、その暗い憂愁の影を含めて、世紀末のこんなゴンドラの雰囲気を引きずっている。……」（研究社版p216）

といったふうなムード的な感じ取り方が一般的ではないだろうか？

シェイクスピアは人間の魂を追究する作家ではないのか？　だからこそ、「万《よろず》の心」を知る作家などと言われているのではないだろうか？

例えば、ハムレットに虫けらのように刺殺された大臣ポローニアスは、ハムレット王子に復讐したかったであろう。だからこそ、死亡と同時に屍体が蒸発して、やがてオズリックとして復活したではないか！（拙著『よみがえる「ハムレット」』参照）。『ロミオとジュリエット』においては、乳母が運命の糸車を回す女神として出現しているが、それも乳母の魂を見ると必然性がある。

シェイクスピアは思わせぶりな言葉遊びはしない。あくまで物語の筋を書き抜く作家である。

ポーシアの父は、娘の婿は「箱選び」の賭けで充分と思ったのだろうが、箱選びに勝ったバッサーニオが悪魔の手先、黄金泥棒の手先と知ったならば、復活して遺言を取り消してやりたくなるだろう。

ポーシアだって、「お父さん、帰ってきて！　遺言を取り消してよ！」と叫びたかったであろう。だから亡父に、帰ってきて！　と手を振り、そして魔法の薬草で、死んだ父を生き返らせたのだ。奇抜《きばつ》なことではない。必然性のあるものなのだ。

さて、もう一度、(4)の詩を英文で確認してみよう。

Medea gatherèd the enchanted herbs That did renew old Aeson.

直訳すれば「メディアは魔法の薬草を集めた。その薬草は老いたアイソンを若返らせた（または生き返らせた）」である。ポーシアは魔法の薬草で亡父を生き返らせたのである。それ以外の理解は私にはできない。

研究者は言うだろう、「気が狂ったか！」と。しかし、シェイクスピアが書いているからには、それ以外の選択肢はない。

「復活した証拠を示せ！」と人々は私に迫るであろう。「参ったか！　降参せよ！」と。

さあ、亡父の復活した姿を探すこととしよう。
(1)〜(7)の詩が終わると、ポーシアの召使いステファーノがポーシアの帰館を告げる（五―一―二八）。
ステファーノ「……奥様からのお言《こと》づけでございますが、夜明けまでにはベルモントへお着きになるってことでごぜえます。途々《みちみち》、十字架めぐりをなさいましてな、お二人様のお幸福《しあわせ》を祈っておいでごぜえますよ」

ロレンゾ「で、お伴《つ》れは？」

ステファーノ「お坊さんがお一人と、お女中だけでごぜえます」

右のお女中というのは侍女のネリッサである。そのほかにお坊さんが一人ついて来ているのだ。

ポーシアはヴェニスの裁判の場へ、侍女のネリッサだけを伴っていた。ところが、帰りには「お坊さん」が突如として一緒だというのだ。合理的に考えれば、ポーシアの死んだ父が復活して、娘のポーシアとともに邸に帰ってきたのだ。

この謎の人物「お坊さん」は、英文では「a holy hermit」とある。この人物は当然のこととして研究者を悩ませるらしい。大修館版注記（p209）は「もちろんこの人物は登場しない。古い戯曲の痕跡であるとする説や、シェイクスピアが執筆中に考えを変えたのだとする説もあるが、もともとポーシアはベルモントを出発するに当たって召使いには嘘をついているのだから、この人物についてはMahood（研究者の名前）のように〝probably he was never more than a verbal touch of romance〟〈物語上の言葉のあや以上のものではないのではなかろうか〉と考えるのが妥当であろう」と記す。

右、文中の内〈〉は、英文を私の理解で訳したもの。結論として、具体的な人物ではないという理解なのだ。

「a holy hermit」という三つの文字が、しかも明らかに人物を示す言葉が、偶然の手違いや言葉のあやで出現することがあり得るだろうか？　しかも「holy」という形容詞まで付いているのだ。

ポーシアの父親は劇の始まる前に死亡しているので現実には登場しないし、また、人物像を推察させるような形容詞もわずかである。

侍女ネリッサがポーシアに対し、この父親について、「心の浄い方々の御臨終には……」と言っている場面が存在する（一－二－二二）。右の「心の浄い方々」の英文は「holy men」とある（研究社版p26）。偶然の一致であると無視していいものだろうか？

長い文章であれば、その中に意味不明の科白が紛れ込む可能性もあり得るかもしれない。しかし、一問一答式の会話の場合、全く無関係な科白が混入する可能性は少ないのではないだろうか。ポーシアの亡父は「holy men」の一人である、と述べられているのだ。

例えば入社試験で、「現在の経済状況について論ぜよ」という問題が出たとしよう。それに対する長い答案用紙に、「何やら訳の分からない記述」が混入することはあり得るであろう。しかし、一問一答式の問題の場合は、「訳の分からない言葉」が混入する可能性は少ない。

「貴方は今朝家を出るとき誰と一緒でしたか?」と問われたとき、「聖なるお坊さんと一緒でした」などと意味不明の科白が混入するだろうか? 否である。

ロレンゾが「で、お伴れは?」とステファーノに尋ねたのだ。このとき、言葉の調子で、或いは何らかの勘違いで「聖なるお坊さま」というような科白が混入するだろうか? このような一問一答式の会話では、「勘違い」も「言葉の調子」も、あり得ないのではないか。それがこの世の常識というものだ。

「お伴れは?」と尋ねられたとき、突如として「貴いお坊様!」などと突然変異的に彼は書くのか! それによって、どんな劇的効果が生じるというのか? シェイクスピアの書いた言葉を「絶対に読まない」という理不尽な態度を直ちに改めることを、私は要求する。

付言すると、この劇の中で「holy」(神聖な、尊い)という単語は、それほど多くはない。私が見たところでは、既述の外には二例。

(一) 聖アブラハム(一―三―六二)

シャイロックの科白の中に存在する。アブラハムとはユダヤ人の始祖に当たるほどの人物のようだ。このアブラハムにholyが付されている。

(二) 十字架(五―一―三二)

ポーシアが十字架めぐりをして云々という科白の中に出てくるもの。「holy crosses」という英文である。crossは、キリストが処刑されたときの十字架である。クリスチャンの墓にはこのcrossが置かれているのが通例である。ポーシャは家に着く前に、お墓に行ったのだ。亡父の墓に赴き、亡父を復活させたのだ。

ポーシアの亡父は、ポーシアの婿は誰だっていい（くじ引きで充分）、この世にそんな悪い奴はいるはずがない、という世界観を持っていたのだ。だから「holy」を冠したのだ。必然性があったのだ。簡単に言うと、ポーシアは帰宅の途中、「holy crosses」（神聖な十字架）に立ち寄って、「holy hermit」（神聖な隠者）と一緒に帰ってきたのだ。亡父の墓に行って、復活した父と一緒に帰ってきたのだ。

しかし、皆さんは「途々《みちみち》、十字架めぐりをなさいましてな、お二人様のお幸福《しあわせ》を祈っておいででごぜえますよ」と訳文にあるとおり、バッサーニオとの幸福な生活を祈っていたではないか、と反論されるかもしれない。よって念のため、F1で原文を確認しておこう。

She doth stray about by holy crosses where she kneeles and prayes for happy wedlocks houres（F1写真版、p200）

strayは「道に迷う」、「本筋を外れる」という意味のようだ。wedlockは「結婚生活」、「婚姻」。

この文章は、「神聖な（holy）お墓にわざわざ立ち寄って、ポーシャさんは跪いて、幸福な結婚生活をお祈りしておいででした」という感じ。
strayは「本筋を外れる」という語感の単語である。帰り道の道端の十字架にお参りした、という感じではない。わざわざ行った、という語感である。しかもその十字架には、わざわざ亡父の生前の姿を形容しているholyが付されているのだ。亡父の墓にお参りに行ったのだ。そして、「幸福な結婚生活」を亡父にお願いしたのだ。誰との結婚生活、とは全く記載されていない、抽象的に「幸福な結婚生活」をお願いしているにすぎない。逆説的に読めば、「不幸な結婚生活はやめにして、幸福な結婚生活をすること」を亡父にお願いしたのだ。

例えば、レストランAの食事は全くもって食えたものじゃない、ひどく不味《まず》い、という情報が存在すると仮定してみよう。

甲さん（貴女または貴男）が、教会の前に立って、「私は、おいしい食事を望んでいます、神の導きをお願いします」と手を合わせた、と仮定してみて下さい。

甲さんは、レストランAに行くでしょうか？　行かないでしょうか？　答えは一つしかありません。甲さんは絶対に、レストランAには行かないでしょう。皆さんもそれに同感するはずです。

『ヴェニスの商人』の研究者の全ては、「レストランAに行く」と答えるのかもしれませんね!?

ポーシアは、「幸福な結婚」を祈っているのです。悪魔であるアントーニオの乾分であるバッサーニオとの不幸な結婚を望むはずはない。これが常識です。シェイクスピアは常識をもって、ロンドンっ子の常識に語りかけているのです。シェイクスピアは何百行、何千行の科白で、ヴェニスの商人らの犯罪を我々の眼の前に見せてくれたのですよ！　それにも拘らず、全く一行も読まずに、意味不明の解説をして、いざとなれば、故意にシェイクスピアの書いた原文を抹殺しているのですよ！

研究者たちは、ポーシアをバッサーニオと結婚させようと必死のようですが……ちょっとひどすぎませんか。ポーシアが、不幸な結婚なんかしない！　と叫んでいるのに——。

さて、生き返った父は、ポーシア、ネリッサと一緒に邸に戻った。父は住み慣れた邸に一刻も早く戻りたかったのであろう、一足先に邸に帰ったようだ。このように考えない限り理解できない状況が発生しているのだ。

ポーシアの召使いステファーノが「お坊さんがお一人と、お女中だけ」と言い、ロレンゾがお迎えの準備にかかろうと言ったところへ、ひさしぶりにあの召使い、シャイロックのもとからバッサーニオのもとへ悪魔の誘いで転職したラーンスロットが登場する。

①ラーンスロット「ソラー！　ソラー！　ウオ、ヘイ、ホウ！　ソラー！　ソラー！」

②**ロレンゾ**「誰だ、あの声は?」
③**ラーンスロット**「ソラー! ロレンゾさんはいなさらねえだか? ロレンゾさん、ソラー、ソラー!」
④**ロレンゾ**「おい、喚《わめ》くのはよせ、ここだよ」
⑤**ラーンスロット**「ソラー! どこだよ? どこだよ?」
⑥**ロレンゾ**「ここだっていうのに」
⑦**ラーンスロット**「ロレンゾの旦那に言《こと》づけておくんなせえだか、旦那様(英文は master)からの飛脚でごぜえます。……旦那様も、朝までにゃお帰りになるだでな」

右のうち⑦は、旦那様(バッサーニオのこと)が朝までには帰ってくることを伝えているものである。通常の科白である。誰もが理解できることで、特に問題はなさそうである。

①~⑥が、何のことかよく分からない。

①では「ソラー」が四回も出てくる。しかも、ラーンスロットが舞台に現れると同時に発したものである。何か重大なことを発見して、びっくりして舞台に飛び出してきたのだ。「ソラー」(sola)は他人の注意をうながすための叫びである。「ほれ! あれを見て! ほれ! ほれ」といった感じの科白である。

ラーンスロットは驚いているのだ。ロレンゾに「ほれ! あんなものが飛び出してきた!

ほれ！」と呼びかけているのだ。何かの異変が起きているのだ。ロレンゾが「誰だ、あの声は？」と言った。ラーンスロットはまたもや「ソラー！　ロレンゾさんはいなさらねえだか？　ロレンゾさん、ソラー、ソラー！」と言う。右の英文は、

Sola! Did you see Master Lorenzo?

Master Lorenzo! Sola, sola!

この部分について大修館版（ｐ211）は「ラーンスロットはふざけてロレンゾーが見えないふりをしているのである」と記す。

目の前にいるロレンゾが見えないふりをすることに、どのような劇的効果があるのだろうか？　ちっとも面白くないし、必然性もない。馬鹿げている。

そもそもこの場面では、ラーンスロットとロレンゾしか舞台にはいない。ラーンスロットが「目の前にいるロレンゾ」に対し、「貴方はロレンゾさんが見えないのですか？」と言っていることになる。ロレンゾ自身に対し、「貴方はロレンゾさんが見えないのですか？」と質問することなど有り得ない！

なお、この部分にはソラー（sola）という単語が八回も登場している。

sola について、岩波版（注解ｐ190）によれば「これは駅馬の飛脚が首から吊るしていて、到着を知らせるために吹き鳴らす角笛の音を擬したのだといわれる」との由。駅馬の到着を知ら

せる笛の音らしい。何かが目の前に来たことを告げる声なのだ。

いずれにしても、何かが現れたという感じの感嘆詞または叫び声なのだ。ラーンスロットは何かに驚いて、「sola!」と叫んだとしか考えられない。

ところで、ラーンスロットは今までロレンゾに対し、どのような呼びかけをしていただろうか？

第二幕第四場の冒頭部分、ロレンゾはグラシアーノ、サレーリオ、ソレイニオたちと一緒に、仮装行列の準備について話し合っている。そこへラーンスロットがやって来て、ジェシカの手紙をロレンゾに渡し、帰ろうとする。

ロレンゾ「どこへ行くんだ？」

ラーンスロット「いえ、なに、実は前の主人のジュウのところさ参りましてな、今夜はぜひ俺《おら》が新しい御主人のキリスト信者様のお家へな、夕飯にお越し下せえますようにと、そのお使いに参りますだよ」

「いえ、なに」の部分の英文は「Marry, sir」。ラーンスロットはロレンゾに対し、「sir」とは言っても「master」とは言っていない。そして前の主人シャイロックについて「old master」と、そして新しい主人バッサーニオについては「new master」と言っている。

以上のことは重大である。

ラーンスロットはロレンゾに対し、「サー」と言うことはあっても、「マスター」とは言わない。そして、一家の主人に対しては「マスター」という言葉を使用しているということ。だから、ラーンスロットはロレンゾに声をかけるとき、「マスター」を前に付けることはあり得ない。

第五幕第一場における前記③の英文にある「Master Lorenzo!」は、本来ならば「Master」と「Lorenzo!」の間にはピリオド（句点）があるべきであろう（Master. Lorenzo!）。「マスター」と「ロレンゾ」は分離させて読むべきであろう。

だとすれば、③は次のような訳になり得るのではないか？

「ソラー、ほれ！　マスター（この家の御主人様、ポーシアの亡父）が見えないのですか？　ロレンゾさん、御主人様（マスター）を、ロレンゾさん、ソラー、ほれ！　ほれ！」

ラーンスロットは、ポーシアの父の姿を見たのだ。そしてロレンゾに「ほれ！　見えないのですか！　ロレンゾさん！」と叫んでいるのだ。

しかし、ポーシアの亡父の姿は一瞬にして消え去ったようだ。

⑤でラーンスロットは「ソラー！　どこだよ？　どこだよ？」と言う。「ほれ！　見てごらん」と言ったものの、次の瞬間、亡父の姿は消えた。だから、「どこへ行った」、「どこへ行った」とラーンスロットは叫んだのである。

でも、なぜ、ポーシアの父の復活した姿がラーンスロットには見えて、ロレンゾには見えなかった、とシェイクスピアは書いたのだろうか？

悪魔の誘惑でシャイロックをすて、バッサーニオの召使いになったラーンスロットは、ポーシアやネリッサがポーシアの亡父を見たように、「a holy hermit」として復活した人の姿を見たのだ。ラーンスロットは悪の道に入ったが、正しい人間に復活していたのだ。

ラーンスロットはポーシアの亡父の復活した姿を見た。しかしロレンゾ（ジェシカに「愛している」と言ってシャイロックの財宝を盗み出させ、ジェシカの夫になっている人物）は、ポーシアの亡父の復活した姿を見ることができなかった。

きっと、「そんな不条理な話はあり得ない」とシェイクスピア研究者は言い出すかもしれない。しかし『ハムレット』においても、ハムレット王子と母である王妃が「この世で最後の話し合いをしている場面」にハムレット王の亡霊が出現する。このとき、ハムレット王子はハムレット王の亡霊を認識したが、母である王妃にはその姿が見えない。ハムレット王の亡霊は、自分を裏切った王妃には見えなかったのだ。亡霊は心の通っている人にしか見えない――という場面が『ハムレット』の中に出現していることを再確認していただきたい（『ハムレット』第三幕第四場）。

ラーンスロットが亡霊の姿を見たということは、ポーシアの亡父の亡霊の魂をラーンスロットは知ったということを意味する。ラーンスロットは、ヴェニスの商人アントーニオにそそのかされて、シャイロックのところからアントーニオの乾分のバッサーニオのところへ転職した。しかし、彼はヴェニスの商人一党の悪事を知り、心を痛めたのだ。そして今では、ポーシア、ポーシアの亡父、あるいはシャイロックの味方になる決心をしているのだ。

だから彼には亡霊を見ることができた。

一方、ロレンゾには亡霊は見えなかった。ロレンゾは、ポーシア、その父（亡霊）、シャイロックらに味方する気がないのだ。彼はあくまでヴェニスの商人の乾分であり続けるのだ。ジェシカはロレンゾの元から離れることになるはずである。自分の実父アントーニオの元に来てみたものの、その実父の悪党ぶりを知りつくしている。現に夫たるロレンゾに対し「よくもだましたね！」と攻撃を始めていたではないか！

ラーンスロットは、いずれ胸を張って自分の父親にも会えることになるだろう。そのとき、霞眼《かすみめ》の父親はラーンスロットを「息子よ！」と言って抱きしめるだろう。かつてのように、三度「知らない」と言うこともない。

すでに述べたように、ペトロはイエスのことを三度「知らない」と言った。しかし、『新約聖書』「使徒言行録」（四、一―一以下）には、イエスのことを人々に話すのをやめるようにと言われたとき、ペトロとヨハネは「神に従わないであなたがたに従うことが、神の前に正しいかどうか、考えてください。わたしたちは、見たことや聞いたことを話さないではいられないのです」とある。ペトロはイエスを三度「知らない」と言ったが、その後、イエスのことを公言し、堂々と信仰を説いていたようである。

この話をロンドンっ子は自分のことのように知っていた。ロンドンっ子は、ラーンスロットが父親から「知らない」と三度拒絶される状況を見たとき、「このラーンスロットは悪の仲間に入るようだが、将来どうなるのかなあ」と感じたであろう。

ラーンスロットはポーシアの父親の復活した姿を見た！　正しい者を認識する魂を取り戻していたのだ。ロンドンっ子は、「おっ、ラーンスロットの奴は心を入れ替えたぜ！　親父さんから三度も『知らない』と拒絶されたのが、よほどこたえたんだろう……」と思ったであろう。

ペトロはイエスを三度「知らない」と拒絶したことについての罪悪感からか、その後、イエスへの信仰に生きようとしたのであろう。ラーンスロットの父は息子を三度「知らない」と拒絶することによって、息子の魂を復活させたのである。これがシェイクスピアが語りかけていることなのだ。

亡父が一足先に邸に戻った。だからポーシアとネリッサ二人だけが一緒に戻ってきたのだ（五－一－八八の後にその旨のト書き）。

邸に入る直前、ポーシアは言う（五－一－八九）。

「ほらね、あそこに見える灯《あか》り、家の広間の灯りよ。あんな小っちゃな燭火《ともしび》が、こんなに遠くまで射すとは！　きっとあんな風に、人間の善行もこの悪い世間に輝くのだわ」

大変分かりにくい科白である。ポーシアは、生き返った父を「小さな燭火」と言っているのではないだろうか？

私は『新約聖書』「マルコによる福音書」の一節（四、三一二一以下）を連想してしまう。イエスは言われた。「ともし火を持って来るのは、升《ます》の下や寝台の下に置くためだろうか。燭台の上に置くためではないか。隠れているもので、あらわにならないものはなく、秘められたもので、公《おおやけ》にならないものはない……」

神の力、または信仰の力は必ず現れるのだ。善は必ず悪を滅ぼすのではなかろうか？

ポーシアは「ほうれ、家に灯りが見えるわね。お父様が先に戻っていらっしゃるのよ。だから、その光がここまで届くのよ。善の力は弱そうにみえても強いのよ。お父様がきっと悪党どもを征伐《せいばつ》して下さるのよ。アントーニオを頂点とする悪魔があの邸を乗っ取ろうとしているけれど、お父様がお許しになるはずはないわ！」と言っているのである。亡父は遺言を取り消すために、そして不正義をやっつけるために、この世に生き返ってみえたのよ！　と叫んでいるのだ。

続けてポーシアは言う。

「……王様のお留守にこそ、代理の者が王様みたいに輝くこともあろうけれど、一度お帰りになれば、威容もたちまち消えてしまう、ちょうどあの小川の流が、大海原に呑まれてしまうのと同じよう」（五―一―九四）

何のことか全く理解できないのではないか？　文章としては理解できても、なぜ、この場面でこんな科白が出てくるのかが理解できない。

しかし、ポーシアの亡父が帰宅したという前提に立てば、すんなりと理解できる。「あのバッサーニオがこの家の主人におさまるつもりだろうが、そうはさせないよ。本来のこの家の主人、お父様がお帰りになったからには」である。

先述のラーンスロットの③の科白について、「マスター」と「ロレンゾ」の間にはピリオドがあるものとして読むべきであると私は述べた。やはり、シェイクスピアは私を裏切らなかった。

F1では、まさにピリオドが存在する。

F1の原文は次のとおり（F1の写真版で確認）。

Clo. Sola, did you see M. Lorenzo,

& M. Lorenzo, sola, sola.

「Clo」は道化ラーンスロットの意味。

シェイクスピアはMとロレンゾの間に、正確にピリオドを配置している。文を切っている。

私はシェイクスピアを正しく読むことでその存在を予想した。しかるに研究者らは、ピリオドを読もうとしなかった。

ジェシカの悲しみ、ポーシアの苦悩、ラーンスロットの悩み、そしてヴェニスの商人の悪、シャイロックの苦悩……全て見ないから、ポーシアの父親の復活も見えないのだ。『ヴェニスの商人』の全ての科白を意味不明の科白としてしまい、偉大なシェイクスピアの魂を知らずじまいであった。

ジェシカ、ラーンスロット、ポーシア、侍女ネリッサ、召使いステファーノ、そしてシャイロックたちは、ポーシアの復活した父の導きによって、ヴェニスの商人の足りることを知らない黄金信仰の犯罪者との間で、今から死闘を繰り広げるのであろう。

ポーシアの父親が勝利したとき、アントーニオたちの悪だくみは水泡に帰すのだ。善が勝ち、悪魔らの野望が打ち砕かれる。だとすれば、そのとき初めて、結局は善が勝ちましたという楽しい喜劇となるのである。

それでも皆さんは言うかもしれない。ルネッサンスの偉大な作家シェイクスピアが、死者の復活なんて考えるはずがないと。

しかし、考えてみてほしい。キリスト教は、或いはキリスト教を国教とする国は、まさに死者の復活なくしては存在しないのである。

ゴルゴダの丘で殺されたあの人は、復活したのだ。そして、初めてキリスト教は存立しているのだ。人類を救うために復活したあの方のように、ポーシアの父は我が子ポーシアを救うために復活したのだ。だからシェイクスピアは、この父親の生前の姿に「holy」を冠し、復活したときも「holy」を冠したのである。

ただしF1は、本来なら「Master」とあるべきところが「M」となっている。一般論として、「Master」を「M」と略記するという習慣は存在しない。シェイクスピアにもこのような癖があるとは思えない。

シェイクスピアは「Master」と表記したはずである。印刷工の何らかの錯覚によるものだろうか？　今後の研究課題としたい。

それにしても四百年、誰一人として読まなかったことが私には信じられない。

舞台においては、役者が「エム」と言うはずはない。「マスター」と言い、そして一瞬の間を置いて「ロレンゾ」と言ったはずである。シェイクスピアは役者に、「マスター」と「ロレンゾ」の間に一瞬の間《ま》を置くよう指示したはずである。またロンドンっ子は、ラーンスロットがロレンゾに対し「マスター」という敬称を付すはずがないことも知っていたであろう。ラーンスロットは「一家の主《あるじ》」に対してだけ「マスター」を付ける人物なのだ。

この場面における「マスター」は、「この家の御主人様」または「ポーシアのお父さん」とでも意訳するのが正当であろう。

「復活したポーシアの父親が、ヴェニスの商人の悪を滅ぼす物語の幕開け」で、この物語は終わりを告げる。悪者の「ぬか喜び」が善の力によって滅びるからこそ、喜劇なのだ。

再度、強調しておこう。ポーシャの父は生前、「holy Men」の一人だといわれている。そして、父の墓「holy crosses」に墓参りをして、「holy hermit」として復活したのだ——ポーシャとバッサーニオの結婚を阻止するために。

4　偏見と先入観

この物語において、シェイクスピアは偏見について明確な見解を示している。彼は抽象的な言葉によってこの世を描くことに嫌悪感を持っている。あくまで具体的事実をもって回答を出すことに徹した。

ポーシアの父親は偏見というものを持たなかった。人間全て似たりよったり、ポーシアの夫は偶然にゆだねてもかまわないと思っていたのであろう。それゆえポーシアも、少なくとも肌の色に対し心の表相においては（心の奥では別だが）偏見は持たなかった。

皆さんは、ポーシアは偏見に満ち溢れていると言うかもしれない。結婚の申し込みに来ていたナポリの公爵、パラティネート伯爵、フランス貴族のルボン、イギリスのフォークンブリッジ男爵、スコットランドの殿様、若いドイツ人たちを、口をきわめて罵っているではないか！と。

しかし、これは偏見ではない、とシェイクスピアは考えていたのではなかろうか。ポーシア邸に彼らは求婚のために来てはいたが、箱選びには参加していない。

ポーシアは彼らについて次のように述べる（一－二－三〇以下）。

(1)　ナポリの公爵

「朝から晩まで馬の話ばっかし……」

(2)　パラティネート伯爵

「しかめっ面の苦虫ばかり、……髑髏《しゃれこうべ》とでも結婚する方が、よっぽどまし……」

(3)　フランス貴族のルボン

「馬にかけちゃ、ナポリの公爵そこのけだし、苦虫って点じゃ、パラティネート伯爵よりも、もう一つ性質《たち》が悪い……鶫《つぐみ》が鳴けば、すぐ踊り出すし、自分の影とは渡り合う……」

(4)　イギリスのフォークンブリッジ男爵

「ラテン語も、フランス語も、イタリア語もできないんだそうだし、私ときちゃ……英語なんか、これっぽちもできやしない……」

(5)　スコットランドの殿様

「隣人愛の持ち主って奴ね。……あのイギリス人から横ビンタを一発、借りになってるんだってね。……いずれ工面のつき次第、必ずお返しは致しますってさ」

(6)　若いドイツ人

「素面《しらふ》の朝で、とてもまずやりきれないし、酔っぱらった午後じゃ、もうヘドが出そうだわ」

以上のように、すさまじい悪口雑言である。しかし、右のような事実は偏見という範疇《はんちゅう》には入らないものであろう。

馬の話しかしない。一日中しかめっ面。自分の影と渡り合う。言葉が通じない。他人から侮辱されても抗議できない。昼間から酔っぱらっている。

右のような事実は、結婚相手としては望ましくない、とポーシアは考えていたということ。それぞれ「なるほど」と納得できるものであろう。これは具体的理由の存在であって、合理的理由のない偏見とは異質だとポーシアは考えていたのであろう。まさにシェイクスピアがそのような考え方を持っていたからであろう。

具体的理由がないにもかかわらず、最初から色めがねで見るのが偏見というものであろう。それゆえ、あってもなくてもいい五人の求婚者を、シェイクスピアはわざわざ登場させているのだ。

肌の色とか、どのような神を信じているかは、それ自体では人間の価値とは無関係なものであろう。シェイクスピアは、肌の色、信じる神などによって、その人に先入観を持ってはいけない、と考えていたのであろう。

『ヴェニスの商人』は、まさにユダヤの民に対する偏見の物語である。シェイクスピアがその偏見に対し「ノー」を突きつけた物語である。しかし、四百年間、ユダヤ人であるシャイロックこそ極悪非道の人間とみなす基調で書かれたものとして読まれてきた。これ以上の偏見の例を私は知らない。

シャイロックを敵に回してその財産と魂を取り上げる物語を、シェイクスピアはなぜ書こうとしたのか？　具体的動機を確定することは不可能だとしても、やはり、エリザベス女王暗殺未遂事件で絞首台に消えたロペス医師事件が背景にあったであろう。善良な人格の持ち主シャイロックが、聖書を手にした偽善者アントーニオに全人格を奪われたように、ロペス医師がユダヤ人に対する偏見によって無実の罪によって刑場に消えたという事実に、彼は黙っていることができなかったのであろう。

右の刑の執行が一五九四年六月七日であり、『ヴェニスの商人』の書かれたのが一五九六〜九八年（研究社版ｐxxi）だとすれば、ロペス事件の二年ないし四年後に書かれたものである。シェイクスピアとしては幾分時間が経ってからの執筆だと見ていい。『ハムレット』の場合は、「挑発のないところに正当殺人なし」という趣旨の有名な判決が出たのが、一五六〇年九月頃である。シェイクスピアは同年の年末頃には『ハムレット』の執筆に着手したであろう。これに比べると、『ヴェニスの商人』はロペス事件から数年後である。彼はほとぼりが少しばかりさめた頃、この作品に着手したのであろう。

「ロデリゴ・ロペス――エリザベス一世のユダヤ人侍医」という論文（上坪正徳執筆）によれば、反ユダヤ感情に支配されている『マルタ島のユダヤ人』という劇（マーロウ作、初演は一五八九年）が、ロペス医師逮捕（一五九四年一月四日）以後、同年十二月九日までの間にローズ座で十四回も上演されている。当時のロンドンっ子の反ユダヤ感情の高まりの反影であろう。

シェイクスピアはその後数年間、真実を書くことを控えていた。しかし、世論と正反対の劇を書くことの危険性も充分知っていたであろう。それゆえ表面的にはシャイロックを悪党呼ばわりした。しかし、召使いラーンスロットがシャイロックの元からバッサーニオのところへ転職する際の苦悩（悪魔の誘惑に従い犯罪者の手下になることへの良心の反抗）を見れば、この劇の真相はすぐに露見するはずである。しかし四百年も露見しなかった。シェイクスピアは、人々が偏見と先入観でしか劇を観ないことを期待していたのであろうか？

ドストエフスキーの『罪と罰』においても、ドストエフスキーが一番述べたいことは、明示的には全く書かれていないようだ。これに比べると『ヴェニスの商人』では、真実の半分はストレートに表現されている。しかし偏見に満ちた人々がそれらの科白を全く読まないまま、四百年が過ぎてきたのか。

『ヴェニスの商人』が正しく読まれなかったという事実は、先入観という病原菌がいかに人類の心の底に棲みついているか、ということの無限の証明となるだろう。

一六〇〇年代から四百年後の二十世紀、ユダヤの民に対し恐るべき攻撃がなされた。しかし、幸い、いや当然のこととして偉大なドイツ国民は、そのときのいまわしい目印であるあの「旗」と悪魔をたたえる「歌」を永遠に廃棄し、「ナチス犯罪に時効なし」と宣言した。

『ヴェニスの商人』を読むとき、そして四百年間、『ヴェニスの商人』に込められたシェイクスピアの魂が全く読まれなかったという事実を知るとき、偏見の恐ろしさを思うと同時に、シェイクスピアの人間としての偉大さに圧倒される。恐るべき人間の中の人間に会えた喜びを感じる。

偏見は、恐るべき力をもって現在もシェイクスピア研究を覆い尽くしている。

例えば、殺人事件の担当裁判官が、被告人の無罪の証拠（例えばアリバイの証明）を作り変えて、有罪判決をしたと仮定しよう。貴方はこの裁判官を立派な人と評価するだろうか？　この裁判官は、被告人を有罪にするという不法な目的を持って、すなわち故意の偏見（うっかり偏見に陥ったのではない）によって被告人を有罪にしたのである。「許しがたい」と貴方たちは大声で叫ぶだろう。

しかし、シェイクスピア作品に対しては、故意の偏見とも言うべきものが現在も覆っているのだ。

例えば『ヴェニスの商人』では、女主人公が第五幕第一場において絶望の詩を歌う前、ポーシアの声までが変わってしまっている、という科白が存在する。

すでに述べたように、ポーシアの声を寝ぼけたロレンゾが「ポーシアさんの声？　いや、それとも聞き間違いか」と言う部分を、全ての訳文は「ポーシアさんの声だ」としている。英文そのもの、話の筋から見て、右の訳文は私にはあり得ないものと思える。

先入観に満ちた誤訳は、『ハムレット』においても『ロミオとジュリエット』においても認められる。しかも、劇の本質に関わるところ、絶対に誤訳してはいけないところに存在する。そのため劇の筋自体が、何が何だか全く分からなくなってしまっている。このようなシェイクスピア研究が四百年も続き、そしてこのまま放置すれば永遠に続くであろう。

シャイロックが、自分のところから去っていく召使いのラーンスロットに対し、「いいか、今にわかる、貴様のその眼が判断してくれる、このシャイロックとあのバッサーニオと、どうちがうかな」（二―五―一）と叫んだように、自分の眼で目の前の事実を見ることをシェイクスピアは人類に求めているのだ。そして偏見なく眼前を見つめさえすれば、アントーニオが「なんて面付《つらつき》、まるで神に尻尾を振る収税吏《みつぎとり》」（シャイロックの科白、一―三―三〇）であることが見えるのだ。

シェイクスピアは「偏見をすてて目の前を見よ！」と、人類に叫び続けたのである。

『ヴェニスの商人』に世界で初めて正しく立ち向かったこの本を終わるにあたり、私の失敗の経験を記しておこう。

二〇〇七年頃にはこの『ヴェニスの商人』を読み終えていたが、「これはシェイクスピアの失敗作ではないか！」と考えていた。というのは、「シャイロックからの借金も免除になり、かつ、シャイロックの全財産と人格（宗教）を取り上げるという大成功を得たのだから――うまくいったぞ！　という喜びの声を上げるはずだ。その状況が全く現れない。常識はずれの作品だ！」という感想を持っていたからだ。

しかし或る日、「足りることを知らない悪魔の物語だったのだ！　だからラーンスロットがアントーニオのことを悪魔！　と呼んでいたのだ」ということに気付いた。

満足を知らない人格――永遠に黄金を求め続け、当然に他人の人格を無視し続ける悪魔の物語であることを認識したとき、シェイクスピアの最高傑作の一つであると確信した。

彼はこの世に存在するもの、存在し得るものを述べる作家である。もしかすると、二十一世紀にも、「足りることを知らない悪魔が――紳士面をしながら、全てを奪い続ける悪魔」がいるのかもしれない。

シェイクスピアは信じるに足る人格だ。読めば読むほどに面白い。まだ断言はできないが、「死なない方法を考える人物の物語」を彼は書いているかもしれない。「そりゃ問題だ！」と言わないでほしい。ひたすら読み進めてみよう。

さらに、「一人の幼児の幸福は国家以上の価値がある」、「国家の命令は、自己の良心に合致しないならば、拒否すべきである。――そして、それが正義となる」、「結婚は男女の思いやり、絶え間ない努力のみによって成立する」、「個人は国家を選ぶ権利を持つ」等々、現在の憲法秩序を超えた思想をも我々に教えてくれる。

彼は、目の前の現実を眺め続ける人間だったに違いない。「頭の中で訳の分からない屁理屈をこねまわす人間」を嫌悪していたようだ。

だから、信じるに足りるのだ。「我思うゆえに我あり」の人間ではない。「我、見るゆえに我あり」の人間である。目の前の人間社会、そして人間の魂を、見るがままに写したのである。彼は役者（俳優）に言ったことだろう、「科白を勝手に変えるな！　そのうちに俺が書いたことの意味が分かる！」と。

しかし、彼の書いた科白を勝手に変造する習慣に犯された研究や鑑賞が世界を覆い尽くしているようだ。

皆さんが、自分の魂で、四百年前に生きた、偉大な人間に触れられることを心から願っている。

おわりに　批判のお願い

私はシェイクスピアを読んだが、自分では何も作ってはいない。「述べて作らず」の原則である。だから大きな勘違いはあり得ないと信じている。

しかし、英語で読む能力もなく、訳文で読んだにすぎないので、多くの誤りが存在するのは間違いない。

私は訳文を読んでいて、「話の筋道」が分からなくなったとき、英文を眺めた。そうすると、そこには「故意的誤訳」がなされていることが判明するのだ。

絶対に誤訳があってはならない場所に、必ず「故意的誤訳」が存在する、という現在の状況を放置できないのだ。殺人が行われているのを目撃したら、貴方は一一〇番に電話せずにはいられないのではないか。もし、貴方が一一〇番をしなかったために、その殺人事件が迷宮入りしたとしたら、貴方は死ぬまで苦しむだろう。

シェイクスピアの作品が正しく読まれていないこと、正しく読もうにも、原文を勝手に変造したとしか思えないような訳文が存在する現状は異様である。存在しないシェイクスピア作品を我々は読まされているのだ。シェイクスピア作品を観る機会を、我々は奪われ続けていたのである。

さて、私のこの本に対し批判を加えてもらいたい。批判しないで故意的誤訳を継続することは、文化遺産に対する冒瀆《ぼうとく》、いや犯罪である。

もし、歴史学者が目の前にある「古文書」を勝手に書き換えて、その書き換えた「古文書」によって歴史を述べていたとしたら、貴方はその歴史学者を「研究者」と呼ぶだろうか？　おそらく「研究者のふりをした犯罪者」と呼ぶだろう。

最も大事な箇所を故意的に誤訳する権利など、誰が与えたのか？

批判をする場合、

①私が故意的誤訳と指摘した点について、自分の考えを明確にしてもらいたい。

②ラーンスロットは良心の苦しみを感じていると私は感じるが、貴方はどのように感じるのか？

③ラーンスロットの父親は、息子の転職にどのような考えを持っていたのか？　シェイクスピアの書いた原文によって述べてもらいたい。

④ジェシカは母リアの指輪を猿と交換したが、この事実の意味について自分の考えを表明してもらいたい。

⑤なぜポーシアは絶望の詩を歌ったのか？　もし絶望の詩でないとすれば、その理由を述べてもらいたい。

⑥グラシアーノは、バッサーニオの船に何のために乗船したのか？

⑦全ての船が難破したというのに、その全てが裁判終了後、無事入港したのは偶然なのか？作意によるものか？

⑧偽の難破船の船員、偽の債権者が、シャイロックの金主たるテュバルにさまざまな情報をもたらしたが、これは偶然に発生し得ることかどうか？　偶然でないとすれば誰が計画したことなのか？

⑨バッサーニオの船出のとき、なぜアントーニオはバッサーニオに顔を向けていなかったのか？　アントーニオは誰を見ていたのか？

⑩ポーシアの帰宅のとき、「お坊さん」もいた。この人は誰なのか？

⑪バッサーニオ本人が、ポーシアへの結婚申し込みについて、アントーニオに対し「こんどの計画も目的も、すべて君にだけは打明けるつもりだ、つまり、どうしたらこの借金から足が抜けるかということだな」（傍点引用者、一－一－一二七以下）と言っている。恋ではな

く、「金目当て」と明言している。なぜ、この科白を無視するのか。

少なくとも右の項目について具体的な意見を表明した上で、私の考え方について批判してもらいたい。

そして、批判する場合、抽象的で空虚な言葉による表現を避けてもらいたい。抽象的言辞は無限の解釈を生じさせるので、何ら生産的意味を持ち得ないからである。いわゆる「ごまかし」に終わってしまうのだ。

＊

素原稿の整理はS・Aさんに、参考文献の蒐集《しゅうしゅう》については福岡県立図書館の皆さんにご協力をいただいた。出版については花乱社の別府大悟氏にお手数をおかけした。おかげで素原稿よりも幾分スマートになったようだ。深謝。

最後に、この拙書をKに贈ることとしよう。

＊

シェイクスピア作品の相当部分が「全く読まれていない」ことを確認したので、今後とも読む義務がありそうだ。

また、『ヴェニスの商人』の一節を正確に転用しているドストエフスキーの『罪と罰』の世界を伝えなければならない。『罪と罰』も全く読まれていないからだ。

しかし、ドストエフスキーは幸せである。何となれば『罪と罰』には工藤精一郎氏の訳本（新潮文庫）が存在するから。この訳本はドストエフスキーの魂を伝えていると私は感じた。

二〇一六年五月

坂本佑介

坂本佑介（さかもと・ゆうすけ）
弁護士。九州大学文学部（社会学専攻）卒業
著書＝『よみがえる「ハムレット」――正しい殺人／死者の復讐』（海鳥社，2008年），『ロミオとジュリエット・悲劇の本質』（花乱社，2017年4月刊行）

シャイロックの沈黙《ちんもく》
飽《あ》くなき亡者《もうじゃ》は誰《だれ》か

❖

2017年3月1日　第1刷発行

❖

著　者　坂本佑介
発行者　別府大悟
発行所　合同会社花乱社
〒810-0073 福岡市中央区舞鶴1-6-13-405
電話092(781)7550　FAX 092(781)7555
印　刷　モリモト印刷株式会社
製　本　有限会社カナメブックス
[定価はカバーに表示]
ISBN978-4-905327-68-4